The Mystery Collection

TOM CLANCY'S POWER PLAYS　BIO-STRIKE

細菌テロを討て！ 上

トム・クランシー　マーティン・グリーンバーグ／棚橋志行 訳

二見文庫

TOM CLANCY'S POWER PLAYS: BIO-STRIKE (vol.1)
Created by
Tom Clancy and Martin Harry Greenberg
Written by Jerome Preisler

マーク・セラシーニ、ラリー・セグリフ、デニーズ・リトル、ジョン・ヘルファーズ、ロバート・ユーデルマン氏、トム・マロン氏に、そして、フィリス・グラン、デイヴィッド・シャンクス、トム・コルガンをはじめとするペンギン・パットナム社のすばらしい社員のかたがた、そして、ダグ・リトルジョンズ、ケヴィン・ペリーをはじめとする本書制作チームのみなさん、レッド・ストーム・エンターテインメントおよびホリスティック・デザインのすばらしいみなさんのお力添えに、感謝の言葉を捧げたい。例によって、わたしの代理人であり友人である、ウィリアム・モリス・エージェンシーのロバート・ゴットリーブにも感謝をしたい。しかし、なにより大事なことは、わたしたちの努力の結集がこうして実を結んでいるのは、読者のみなさんのおかげということである。

——トム・クランシー

細菌テロを討て！——上巻

主要登場人物

ロジャー・ゴーディアン……………アップリンク社の経営者
アシュリー………………………………ロジャー・ゴーディアンの妻
ジュリア…………………………………ロジャー・ゴーディアンの娘
ロリー・ティボドー……………………同社の私設特殊部隊〈剣（ソード）〉の全世界監督官
メガン・ブリーン………………………同社の特別プロジェクト担当副社長
ピート・ナイメク………………………同社の保安部長
トム・リッチ……………………………同社の私設特殊部隊〈剣（ソード）〉の幹部
ヴィンス・スカル………………………同社のリスク査定部長
ダン・パラーディ………………………同社の対諜報チームのリーダー
ラスロップ………………………………情報屋
ハーラン・ディヴェイン………………謎の犯罪組織のボス
ジークフリート・カール………………ハーラン・ディヴェインの右腕で通称〈山猫〉
メリーナ・ラヴァル……………………ジークフリート・カールの情婦でテロリスト
ルシオ・サラサール……………………サンディエゴの麻薬密売組織のボス
エンリケ・キーロス……………………ルシオ・サラサールと対立する麻薬密売組織のボス
フェリックス・キーロス………………エンリケ・キーロスの甥で車の密輸業者

1

二〇〇一年十月七日　さまざまな場所

アメリカの都市は時計で動く。多忙な大都会ではなおさらだ。人びとは分刻みで休む間もなく日常業務に駆り立てられていく。眠りを破る午前五時のゴミ収集車、地下鉄駅への猛ダッシュ、机の予定表に書きこまれた会議に次ぐ会議の連続、仕事を兼ねた昼食会、ほろ酔いの時間、そしてふたたび通勤電車への全力疾走——締めつけの強い競争社会の距離標識を次々と通り越し、約束と日程をくりかえす日々のマラソン・レースだ。不測の事態すら予測可能な時間に発生するという矛盾した表現までが、ここではもっともらしく思えてくる。

ニューヨーク証券取引所がアメリカ合衆国の北東海岸地帯のゼロ地点に、つまり被害の対象となる何千何万もの人びとには聞こえも感じもしないが、核爆弾以上の破壊力を秘めた爆発の爆心地点に選ばれたおもな理由は、ここが街の時間表を厳守しており、満ち引きする潮のように人間が出入りしているからだった。

携行している兵器と同じくめだたないダークブルーのスーツに身を包んだその男は、

フェデラル・プラザのジョージ・ワシントン像を通り過ぎ、取引開始のベルに遅れまいと必死の証券マンたちの人波を縫って、ウォール街に立つギリシャ復興様式の建物へ向かっていた。葉巻色をした革のブリーフケースを右手に建物の外の広い階段を上がり、金融と投資の神々が彫刻された石の破風の下を通り過ぎ、メイン・トレーディング・フロアの入口を大股で通り抜けた。なかにはいると流れに乗ってさらに進んでいった。ビジネスス一ツ姿の男女が、証券会社のブースやポスト、そして証券所と国内外のマーケット網をつなぐ電話とビデオモニターの列へ押し寄せていく。

男は場内を何度か見渡し、空いている電話のブースを見つけて、人を押し分けながらそこにはいりこむと、床の足元近くにブリーフケースをおいて受話器を上げた。フックに手をおいて適当に番号を打ちこみ、電話をかけているふりをした。しかるべき時間が来るまで、ここでこのまま待つ。

やがてプラットフォームからベルが鳴り響くと、アメリカ経済を動かす最大のエンジンは一気にトップギヤにはいった。周囲のざわめきが熱狂的な喧騒と化し、株式仲買人の張り上げる大声が丸天井まで響きわたって、金や宝石が放つ燦然たるきらめきを前にしたときのように競り手にもどかしい思いをさせていく。

自分に注意を向けている者はどこにもいないと男は確信した。この場にしっかり溶けこんでいる。だれの目にも、早朝の相場が掲示板に表示されると同時に自社と連絡をとりあっている証券専門家のひとりとしか映っていない。

無言のまま受話器をあごと肩で挾み、上体をかがめて、ブリーフケースについている組合せ錠のそばの留め金を押した。錠は開かなかった。開けるつもりでもなかった。

そのままブリーフケースの上に体をかがめていると、側面のパネルから小さな音が聞こえてきた。

シュ――ッ。

毒蛇のたてる音のように。

一九九五年、日本のオウム真理教という過激なカルト集団が東京の地下鉄にテロを仕掛け、神経ガスのサリンを浴びた乗客ら十二名が命を落とし、五千人以上が心身に深刻な打撃を受けた。男が装置の原型にしたのは、このオウムの教団施設で警察当局によって発見された改造アタッシェケースだった。オウムのアタッシェ同様、この装置も、小さなエアゾール容器、電池で動くポケットサイズの送風機、ブリーフケースの表面に擬装のほどこされた通気孔、それにつないだノズルでできていた。男が加えた唯一の改良は引き金をひく錠と留め金だった。これをつけたことでふたを上げる必要がなくなり、無用の注意を引く確率が小さくなった。

ダークブルーのスーツを着た男はブリーフケースを持ち上げると、受話器を戻し、ふたたび群衆のなかへ足を踏み出した。たちまちだれかが、男にはほとんど目もくれずに肩で押し分けるようにかたわらをすり抜け、男のいた場所にはいりこんだ。いいぞ。男は胸のなかでつぶやいた。この喧噪のなかではエアゾール容器の中身が放出される音は聞こえようがない。あとはただ巧みに部屋を歩きまわって、あの病原体を隅々までゆきわたらせれば、ここでの仕事は完了だ。標的たちが仕事の約束から約束へ、そして五時のカクテルの集いへとあわただしく場所を移動し、家路に向かう列車やバスのなかでぎゅうぎゅう詰めになることで残りの仕事をすませてくれる。職場の同僚やたまたま会った知り合いや友人たちと接触し、妻とキスをし、子どもを抱きしめ、周期的にさまざまな場所を高速移動して、きわめて効率的に残りの仕事をすませてくれる。

ブリーフケースの容器の見えない中身が空になると、男はすぐに証券取引所を出てブロード・ストリートへ向かった。頭のなかではあの通気孔から出てくる音がまだ聞こえていた。シュ――ッ。

その記憶がよみがえると首の後ろの毛が逆立った。依頼主はなんの心配もいらないと請け合っていたし、ぬぐいきれない不安を補って余りある破格の報酬がこの仕事には支払われていた。とはいえ、建物の外に出るとさすがにほっとした。秋のマンハッタンの季節はずれのむっとする熱気さえ喜んで迎えられた……証拠はなにひとつ残してこなかった。自分と結びつく可能性のあるものは、なにひとつ。

いま彼が解き放ってきたものは、まだ外の路上に出てきてはいないかもしれないが、それも時間の問題だ。

そしてほどなく、あらゆる場所へ広がるだろう。

AT802ターボプロップは農業用航空機産業の主力機で、アメリカの柑橘類生産のおよそ七〇パーセントを占めるフロリダ州中部地域の上空ではありふれた風景だった。肥料、除草剤、農薬、殺菌剤といった広範囲の化学薬剤を入れることのできる八〇〇ガロン容量の漏斗型装置(ホッパー)を搭載している。翼の尾部支材(テールブーム)に液体の場合は特殊なノズル、固体の場合は散布機が装着され、胴体下のポンプから化学薬品を送り出してオレンジ、グレープフルーツ、レモン、ライムの広大な果樹園に撒(ま)き散らす。

この日の朝、一機のAT802がクレアモントの西にある草地の滑走路からふだんとはちがうあるものを積んで散布飛行に飛び立った。貯蔵、輸送段階での劣化を避けるため、この物質は凍結乾燥されて超微細な白っぽい粉になっていた。肉眼では粉砂糖のように見える。そのあとこの微粒子は、生物分解性の有機化合物でできた小さな顆粒状の球体に埋めこまれることで安定性を高め、撒く側の思惑どおりまんべんなく投下できるようになっていた。このマイクロカプセルはすばらしくすべりがよく、流れを妨げるものがないため、転がるときもほとんど摩擦を受けず、降り立った物体にくっつく原因となる静電気を帯びることもなく、天候のもたらす微風や、鳥の羽や、州間高速道路（インターステート）を疾走するマックのセミトラクターのタイヤに運ばれて、さらに拡散することも可能だった。

顧客たちが抵抗しがたい魅力を感じるのはわかっていたし、投資にたいする大きな見返りに自信があったため、製造者は何百万ドルもの費用をかけて最高のものだけをめざし、それを手に入れた。

粉末散布機はいま南西方向に機体を傾けて、低い高度を維持しながら横風のなかを飛んでいた。操縦装置の前にいる操縦士には眼下に広がる木々が見えていた。果樹の列また列が見渡すかぎりの野原に溝を刻みつけており、たわわな緑の王冠には、やがて収穫され、梱包され、海岸から海岸へと運ばれていくことになるオレンジ色と黄色の果物が輝いていた。操縦士のパネルの上には最新技術を結集した全地球測位システム（GPS）と地理情報システム（GIS）のディスプレイ装置があって、正確な座標上に網羅すべき土地を描き出し、外部環境の状況についてひっきりなしに流れこんでくるリアルタイム・データを表示し、散布装置の稼働状況をモニターしていた。

その計器類によれば、きょうは気象の逆転現象で冷たい空気の一団が地上近くにとどまっていた。暖かい上昇気流に粉末が押し流されて目標から外れてしまうことがなくなる理想的な天候だ。

散布機はうなりをあげて、一度、二度、そしてもう一度、翼から霧状の帯をたなびかせながら果樹園の上をゆっくり通過した。噴霧剤は青空に浮かび、青空のなかでうねり、青空に白く太い縞模様を描いていった。その縞が徐々に広がってにじんでいき、明るいミルク色のもやになっていった。

そして、そののちに——そっと、おだやかに——地上へ舞い降りていった。

ボーイング747ジャンボジェット機は、横一列に十人がかけられるほど機体が幅広く、四百人以上の乗客を一度に外国へ運ぶことができる。ほかの民間旅客機をはるかに上回る収容数だ。スティーヴ・ホイットフォードにはいろんな意味でありがたいことだったし、飛行機がシドニーで停止前の地上走行にはいっているあいだも、この途中寄港を楽しい気持ちで待つことができた。

間際になって空席ができた便に乗れたことを感謝しこそすれ、脚やひじを伸ばせる空間がないと嘆くつもりは毛頭なかったが、あとひとりでも乗客を詰めこもうものなら、この便はぱんぱんにふくれ上がったピルズベリーのクッキー生地のチューブのように破裂してしまうにちがいない。身長六フィート四インチのひょろ長い体形だけに、自分の意見には少々偏りがあるかもしれないと認めるにやぶさかではなかったが、背の高さにはそれなりの値打ちがあるはずだ。〝人の思考の限度は身の丈まで〟と、どこかの有名な哲学者が大昔にいっていたではないか。優秀な弁護士であるスティーヴは、先人の言葉を引用できる機会は決して逃さなかった。

「……オーストラリアをご訪問の皆様、乗り継ぎ便をご利用の皆様、当機をご利用いただきましてまことにありがとうございます。停止後、わたくしどもと引き続きロンドンへ向かわれる皆様は、どうぞご自由に、お体の凝りをほぐし、空港のレストラン、売店ほかの施設をご利用くださいませ……」

スティーヴはシートベルトを外して通路にすべり出ると、客室乗務員の助言どおり体の節々を伸ばし、腰の横をこぶしで揉みほぐした。痛みや不平はいろいろあるにせよ、空の旅に隣の客と近づきになる楽しみがある点は認めざるをえない。

隣の女をちらりと一瞥した。民族服調のブラウス、ローウエストのベルボトム、ポルカドットの立体版といった趣の大きな丸い赤のイヤリングというレトロ・ヒッピー風の服装をした三十歳くらいの女で、魅力的なブロンドの髪をしていた。このたぐいの服がファッション・デザイナーの粋なショールームから抜け出てきたみたいに体にぴったり合ってはいなかった時代を、四十四歳のスティーヴは記憶に呼び覚ますことができた。

この服装をした彼女の見目（みめ）がよくないというのではない。それどころか香港でこのジェット機に搭乗した瞬間、スティーヴは彼女の美しさにしっかり気づき、離陸後すぐに言葉を交わす努力を開始していた。世間話の合間に指にマリッジ・リングがあるかどうかを確かめ——ちらりと一瞥しただけで、指輪がないのは判明した——そのうちもっと親密な会話にも乗ってくるかどうかを見定めようとした。こちらの名前を名乗り、マサチューセッツ州を基盤にする玩具メーカーの代理人としてアジアで特許と使用許可をとる仕事をしてきたところで、アメリカへ仕事に戻る前にロンドンで何日か骨休めをしていくつもりなのだと話した。

　彼女のほうもメリーナと名乗った。名字のほうはいわなかったし、スティーヴからも訊かなかった。彼女の英語にはどこの国籍かわからない訛りがかすかにあった。いわゆる一方的な思いこみかもしれないが、こういう状況だけにとりわけこの名前に異国的な魅力を感じた。ひとり旅の人間特有の勝手な想像をめぐらし、彼女は女優か人気スターかもしれないと考えたりした。

　いずれにしても、彼女は控えめではあったが感じがよく、天候や、飛行機が滑走路で手間取っていることや、味気ない機内食などについて彼が口にする意見に気持ちよい答えが返ってきた。しかし、会話のなかで彼女自身については多くを明かさなかった。その点についてはことさら隠し立てをしているようにさえ思えた……法律の駆け引きに長すぎる日数をかけてようやく解放されてきたところだけに、分別ある判断とはいがたいかもしれないが。

スティーヴは頭上の荷物入れから自分の旅行用かばんを降ろした。レストランを見つけて少々まともな食事をし、できれば洗面所で顔にコロンをたたきつけて、次の長い大陸間飛行用の活力を取り戻そうと考えていた。メリーナを食事に誘おうかと考えをめぐらせながら心を決めかねていた。彼女の控えめな態度をかならずしも肘鉄砲と解釈する必要はない。ひとりで空の旅をしている女性が気をひこうと話しかけてくる見知らぬ男を警戒するのはあたりまえだ。それに、気軽な誘いが不適切な行為とは思えない。

通路から彼女を見た。彼女は席にすわったままハンドバッグに手を伸ばして、ペンを一本と、ひだ飾りのついた銀色の文字で〝ギフトショップ〟とプリントされた紙袋をとりだし、さらにバッグからはがきを何枚かとりだした。つまり、途中寄港のあいだ機内にいるつもりらしい……彼が心変わりをさせないかぎり。

スティーヴは息を吸って彼女のほうに体をかがめた。「あの」彼はいった。「よかったらコーヒーでもごいっしょしませんか。なんなら軽い食事をとってもいいし。ごちそうしますよ」

彼女の浮かべたほほ笑みは慎みのあるものだった。それ以上でもそれ以下でもなかった。「ありがとう。でも、これを書いておかなくちゃならないんです」彼女ははがきをトレーの上においた。「このたぐいのことは、思いついたときにしておかないと忘れてしまいますから」

「はがきもお持ちになったらどうですか？　場所を変えたほうがいい文案が浮かぶかもしれない。機内より筆が進むかもしれませんよ」

落ち着いた変化のない笑みはそれ自体が、歯切れのいい早口の返答が必要ないくらいはっきりした拒絶の意思だった。「いいえ、ここにいようと思います」彼女はいった。

スティーヴは多少なりと体面をつくろっておくことにした。飛行機が空に戻ればさらに七時間ばかり隣どうしで旅を続けなければならないのだし、気まずい雰囲気にはなりたくない。

スティーヴは彼女の前のはがきにあごをしゃくった。

「ずいぶんあるんですね」

「ええ」彼女は彼の顔を見た。「義理というのはそういうものですわ。心に巣食う小さな伝染病のようなものです」

スティーヴは立ったまま彼女を見つめ返した。おっしゃるとおり、と彼は胸のなかで皮肉っぽくつぶやいた。

ではまたと彼女に告げて通路に向き直り、飛行機を降りるほかの乗客たちの列に並んで出口に向かった。

スティーヴが飛行機を出ていくまで、彼女はしばらく目で追っていた。出ていったのを確認すると、すばやく仕事にとりかかった。

ペンの頭を外してトレーのはがきのそばにおいた。インクのカートリッジは金属製で、小さなプラスチックのキャップが補充口の上にかぶせてあった。キャップをひねってカートリッジをゆるめ、ペンから外して、ペンの下半分はトレーの上の残りの部品のそばにおいた。

小さな伝染病……彼女は心のなかでつぶやいた。雇い主であり愛人でもあるあの男なら、いい言葉の選択だと褒めてくれたかもしれないが、その言葉を口に出してしまったことには叱責が飛んだにちがいない。

親指と人差し指でキャップを回し、かるくひっぱって、筒状のカートリッジから取り外した。だれにも見られないよう注意を払いながらカートリッジを自分から離して持ち、逆さまにして指の爪でかるくはじいた。粉末状の白い物質がぱらりとこぼれ落ち、客室を循環する空気のなかにたちまち拡散していった。もっと新しい近距離航空路線のジェット機がフィルターを最大効率にすれば、かなりの量の汚染物質を吸い取ることができたかもしれないが、製造からかなり年月のたったボーイング７４７は空気を吸いこんで酸素といっしょに再循環させる換気システムを採用していることを、彼女は知っていた。

この微小なカプセルは機内の乗務員と乗客の呼吸器にはいりこむと、休眠中のあるものを体内に解き放つ。この思いもよらない侵入者は、人から人へ、空港から空港へ、都市から都市へと伝染し、宿主から国じゅうに、大陸じゅうに広がって、本来の使命を精力的に果たすだろう。

彼らは卵から孵る。そして増殖する。くすぶったのちに消し止めようのない野火へと広がり、急激に燃え広がって世界じゅうを焼き払うだろう。

ブロンドの髪の女は腕時計で時間を確かめて、次に進む頃合と判断した。補充用のインク・カートリッジをバッグからとりだしてペンに差しこみ、なにも書かれていないはがきの束をギフトショップの袋に戻した。ペンと袋をバッグに戻すと、空のインク・カートリッジにふたをしなおして、あとで始末するためにセーターのポケットへ落としこんだ。微量の粉がトレーの表面にこぼれていたのに気がついて、ふっと息をかけて吹き飛ばした。粉はひとすじの煙となってたちのぼり、客室の人工気流に紛れこんだ。

彼女は満足してうなずいた。仕事は終わった。

トレーをたたんで戻し、席から立ち上がって通路に出た。機内にはひと握りの乗客と出口のそばに男の客室乗務員がひとりいるきりで、飛行機を出ていくとき彼女はその乗務員に向かってにっこりほほ笑んだ。

女の美しさを称賛するように、乗務員は笑顔を返した。

女はターミナル・ビルとの連絡通路を通り抜け、目を上げて、到着便と出発便を表示しているボードをちらりと見た。出発時間まで二時間ちょっと。七番目、最後の出発便だ。この数字を偶然の一致と思うほど彼女は愚かではなかった。そう、もちろんこれは悪霊の気まぐれだ。彼女がみずからの意思で進んで心身を投げ与えた悪霊の、ちょっとした気まぐれだ。

小さな伝染病。七回。そしてまだ先もある。

地球を縦横にめぐってきて、彼女は疲れていた。消耗といっていいほどに。だが、病原体のほとんどはばらまいてきたし、これからゆっくりとフランクフルト入りを果たしたら、残りもすべて撒きおわる。

そうするうちに、しばらく肩の力を抜いてなにか食べられそうな場所が見つかった。さっきの隣の男に見つからないよう注意していればかまうまい。

搭乗ゲートに向かうまで、たっぷり時間の余裕はあった。

見えるものが唯一の財産だから、目は見えるものを信じる。いつもの道を踏み外さずにすむように、視線はしばしば場違いなものをすり抜けて見慣れたものに向かう。

だから目は簡単にだまされる。マンハッタンの金融街ファイナンシャル・ディストリクトでビジネススーツに身を包んだ証券マン。広々とした農場の上を飛んでいく農薬散布機。途中寄港のあいだにはがきを書いている飛行機の乗客。どれもその場にぴったり溶けこんだ風景だ。しかし、どれも見かけによらないものであったり、好奇の目をあざむくカムフラージュであってもおかしくない。

カリフォルニア州サンノゼで市の路上清掃車が一台、攻撃目標地帯に噴霧剤を持ちこんで、重い鋼鉄のフレームに載せた特殊な噴霧剤貯蔵器から撒き散らしていた。清掃車は琥珀(こはく)色のキャブライトをひらめかせながら、シャーッと音をたててロジータ通りを進んでいった。丸いサイドブラシが旋回して、散水管が舗道を水でびしょ濡れにしていくあいだに、実験室で生み出された病原体がもうひとつのタンクから噴射されていた。

都会の日常的な光景のひとつである清掃車が人びとの意識の表層をひっかくことはめったにない。それは小さな迷惑であり、朝の街路を通り過ぎていくつかのまの不都合にすぎない。自家用車の運転手はそれをよけて進路を変更する。歩行者たちは縁石の上に跳び上がって回転するブラシをよけ、清掃車がシャーッと通り過ぎていくあいだ会話の音声レベルをひとつまみかふたつまみ上げる。もしくは気にしない。

彼らは目に見えない噴霧剤を吸いこんだが、鼻がかすかにむずむずしたり喉の奥にかゆみを感じても、歩道に舞い上がった埃以上に有害なもののせいとは思わなかった。そしてこの微粒子を靴の底で撒き散らし、皮膚や衣服にのせて運びこみ、無数の輸送経路を移動しながら新聞やカフェ・ラテに払うお金といっしょに送り出していった。

彼らの目には不都合なものはなにひとつ映っていなかったし、暮らしがたどるいつものコースにはなんのほころびも見えなかった。まったく新しい潜行性伝染病の保菌者に自分がなったとは気づきもせずに、彼らはそのまま職場へ出かけていった。その多くは、ロジータ通りを北に進み、こぎれいな高層オフィス・ビルに向かった。この街で最大の雇用者数を誇る、かの有名なアップリンク・インターナショナル社の本社ビルへ。

路上清掃車も同じ方向へ動きつづけていたが、それは偶然のことではなかった。

裁判所から帰宅する途中だと娘から電話がかかってきたとき、ロジャー・ゴーディアンは言葉に窮した。訴訟の結果が当然のものだったとしても、何カ月も前からその知らせを聞く覚悟ができていたとしても、そんなことは関係ない。彼が日常的に実業界のリーダーや世界の国家指導者たちと話をしている人間であり、重大な状況ですばやい判断や弁舌のさえを求められることがたびたびあろうと関係ない。

ジュリアは自分の娘なのに、どう言葉をかければいいかわからなかった。ここ何カ月か娘にかけてきた言葉のほとんどがまったくのまちがいとわかったからでもある。あれのおかげで、ふたりのあいだには一度ならず感情のもつれが生じていた。口にした言葉がすべて自分に返ってきて目の前で爆発するのを覚悟しなければならない思春期の子供を持った親に逆戻りしたような気になってはならない、とゴーディアンは自分にいい聞かせていた。それは軽率で不適切な考えかただし、ふたりの関係にとっては壊滅的だ。ジュリアは何年も自力で生きてきたきわめて有能な三十三歳の女であり、陳腐な父親ぶった説教をぶたれるにふさわしい人間ではない……ときにふさわしい場合もあるからむずかしいのだが。

「終わったのよ、離婚は最終段階にはいったわ」と、ジュリアは携帯電話から彼に告げた。「書類にサインをしたし、二週間もすれば写しが届くはずよ」

このセリフから長い四秒が過ぎていた。

そして五秒になった。

胃袋をわしづかみにされる心地がした。

娘になんといえばいいかわからなかった。

六秒。時は流れていく。

オフィスの静寂のなかに時計がチクタクと時を刻んでいった。

ゴーディアンはもともと内省的なたちではなかった。自分の気質や感情はかなり単純だと思っていた。妻とふたりの娘を愛し、自分の仕事を愛していた。より大切なのは家族のほうだった。何年間か、彼の時間が大きく仕事に奪われて、彼の家族はわきに押しのけられたように感じていた。とりわけ彼の妻は。その当時、ゴーディアンは事の重大さに気がついていなかった。

当初はいやというほど仕事があった。十年のあいだ奮闘して、電子機器の会社を一から築き上げた。金を稼ぎ、分け与える人間になることの重要性は、人生の早い時期から彼のなかに育まれていた。彼の父親は大切な人との交流時間を意味する上質の時（クオリティ・タイム）という言葉が造られる前にこの世を去ったが、いずれにしてもトーマス・ゴーディアンがその概念を理解できたかどうかは疑わしいところだ。十六歳を迎え、大恐慌によって大きな打撃を受けた家族を支えるために高校をやめた日から、トーマスはつつましいなりに安定した賃金を稼がせてくれる工業機械製造工場でせっせと働いて、指のぶあついたこをさらにぶあつくしていた。トーマスにとっては給料の小切手を家に運んでくるのが家族にたいする愛情表現であり、その頑固なブルーカラー労働者の感覚は彼のひとり息子にも深く根を下ろしていた。

ゴーディアンがヴェトナムから帰還を果たして金融会社と先見の明のあるひと握りの投資家の助けを借り、サンノゼにあったグローバル・テクノロジーズという負債を負った経営の思わしくない会社を一二〇〇万ドルという捨て値で買い取ったあとも、その感覚は長いあいだ続いていた。

賭けの見返りはゴーディアンの期待をはるかに超えた。五年もたたないうちに、特許をとった防衛産業技術が莫大な成功を生み出して、彼はグローバル社をシリコンヴァレーの巨大企業に変身させた。次々と契約が舞いこみはじめた。その状況を維持継続するために、ゴーディアンはそれまで以上に熱心に働いた。GAPSFREEという最新軍事偵察誘導装置の開発という思いがけない工学技術の授かりものを活用して、会社を民間衛星通信分野のトップ企業に育て上げ、会社の名前をアップリンク・インターナショナルと改めた。

金を稼いだ。愛する家族を養ってきた。一生で必要になる以上の金を稼ぎ出した。

そして彼はそこにとどまらず、働きつづける新しい理由を見つけた。

会社が多国籍化してフォーチュン誌のベスト企業五〇〇に名を連ねた一九九〇年には、ゴーディアンの目は、妻が日ごろから〝夢〟と表現していたものに向かっていた。その〝夢〟の土台になったのは、彼の人柄と同じくらいまっすぐな理想だった。すなわち、情報は自由なり。独創性のある言い回しではないかもしれないが、彼の真骨頂は、その抽象概念から具体的な成果を引き出す手法にあった。世界最大規模の民間通信ネットワークを率いていた彼は、情報へのアクセスを人びとにもたらすことのできる立場にあった。

情報へのアクセスは莫大な数の人びとに——とりわけ全体主義政権が通信の出入口を締めつけて、弾圧に疑問をいだかせないよう市民から知識を隔離することで権力を維持している地域の人びとに——よりよい暮らしをもたらすことのできる通貨でもあった。政治体制の急激な変化が起こるのは、かならずといっていいほど社会の意識に小さな革命が生じたあとなのは、歴史の証明するところだ。同様に、民主主義は伝染するという古い言い回しも、それが政治のスローガンとして使われた時代に正しさを証明されてきた。

またしてもゴーディアンの勝利は彼の期待をはるかに上回った。しかし皮肉なことに、妻のアシュリーが彼女自身の悲しみについて家から送っていたシグナルは、彼が追求を続けていた人道主義的な努力の合間をくぐり抜けてはこなかった。生涯忘れられない言葉で彼女が無理やり彼の注意を向けさせるまでは。

「あなたがこの世の中で成し遂げてきたあらゆることが、多くの場所でいろんな人びとに大きな影響を及ぼしてきたのは、わかっているわ。それがあなたの天職で、あなたがしなければならないことなのは、わかっているの。わからないのは、あなたの仕事が終わるまで待っていられるだけの強さが、自分にあるかどうかなの」

彼女からあの言葉を、あの衝撃的な忘れられない言葉を聞かされて、ゴーディアンは鏡に映った自分をじっと見つめ、自分のおかれた受け入れがたい状況を理解せざるをえなくなった。なにより、そのおかげで彼の結婚生活は救われることにもなった。

当時のわたしは、自分が思っているよりずっと運に恵まれていたのだ。

「お父さん、まだそこにいるの？　いまハイウェイのランプにいて、すごくうるさいの――」

「まだ、ちゃんといる」ゴーディアンは考えをまとめなおそうとした。「ともあれ、よかった。最悪の試練が終わって、人生を先に進むことができるようになったんだから」

「たしかにね」と、ジュリアはかん高い笑い声をあげた。「裁判所を出てくるとき、なにがあったと思う？　法律のせめぎあいが終わって、醜い応酬が終わって、なにもかもすんだあと、彼はいっしょに昼食を食べてくれっていったのよ。ふたりでときどき行っていたダウンタウンのあのイタリアン・レストランで」

ジュリアはふいに黙りこんだ。

ゴーディアンは受話器を握り締めたまま次の言葉を待った。いまの笑い声にはぎょっとさせられた。異様にざらついた、ユーモアの響きのない笑い声だった。すさまじい寒さに負けて薄い板ガラスにとつぜんぴしっとひびがはいったような感じだった。

「ひょっとしたら」ジュリアがようやくいった。「もういちど独身に戻ったわたししたちの未来に、ワインとパスタで乾杯をすべきだったのかもしれないわ」

ゴーディアンが尻の位置を変えると、オフィスの椅子がかん高い音をたてた。

ジュリアが口にする彼という代名詞には、かつて名前が使われていた。クレイグという名前が。七年のあいだ娘の夫だった男だ。ふたりをなにが引き裂いたのかはいまだによくわからなかった。クレイグが提出した離婚の申し立て理由には相容れない相違と記されていただけで、くわしいことは書かれていなかった。

両親の家に泊まりこんでいた何カ月かのあいだに、ジュリアはときおり、夫の仕事が原因で別々の暮らしが長かったこと、彼が仕事で不在のときに自分が感じた寂しさを口にしていた。クレイグは構造設計士でフリーの身ではあったが、最近の仕事の多くは大きな石油会社から請け負っていた。彼の得意分野は沖合に固定する掘削プラットフォームの設計で、何週間か現場に詰めて建設を監督することもしばしばだった。ある月はアラスカで、翌月はベリーズで。

彼の不在がふたりの問題の一因なのはまちがいなかったが、ゴーディアンはそれだけではないと思っていた。なおざりにされていると感じているのがジュリアのほうなら、どうしてクレイグのほうが離婚を望んだのだ？　だがゴーディアンは問い詰めようとはしなかったし、ジュリアも自分からは父親にもアシュリーにもほとんどくわしい話をしなかった。浮気ではないと彼女は断言していたし、両親はその言葉を信じようとしていた。しかし、なぜ彼女はあれほど両親に慎重だったのか？　親に話せないくらいいまわしい理由があったのか？　それとも、ジュリア自身まだよくわかっていないのか？

ゴーディアンはまた尻の位置を変えた。「彼になんていったんだ？」

「なにも。とにかく信じられなくて」彼女はいった。「でも待って、それだけじゃないの。こっちが呆気にとられて口もきけずに見ていると、あの人は体をかがめてキスしようとしたのよ。唇に。なにをしているのか、いえ、なにをしようとしているのかわかって、わたしがぱっと顔をそむけると、彼の唇はほっぺに当たったわ。跡をぬぐい取ろうとする自分を思いとどまらせなくちゃならなかったわ。ほとんど見も知らない年老いた伯母さんや伯父さんから湿っぽいキスを受けた子どもみたいに」

「それで？」

「そしたら彼は、体を引いてわたしに幸運を祈ったわ。わたしたちはそこで別れたの。ほんとに、あんな気まずいぞっとする話ってないわ」

ゴーディアンはやれやれと首を振った。

「悪い気分に終止符を打つための第一歩だ」彼はいった。「たしかに、無分別で、不適切で、おまえがどんなに悲しみに打ちひしがれているかをわかっていないふるまいだ。しかしあの男はそうしたかったんだろう」

「あの人は離婚調停の一部としてグレイハウンド犬たちが欲しいっていったのよ、お父さん。養子縁組斡旋所の契約にサインしたのがわたしじゃなくて、書面に所有権が明記されていなかったら、ジャックとジルを連れていかれてたわ。黙って見過ごせない第一歩だってあるのよ」

ゴーディアンはなんとか返事をしようと努力した。結局できたのは、前言をくりかえすことだけだった。

「もう終わったんだ、ジュリア。これで前に進むことができる。そのことを喜ぼう」

またしばらく会話がとぎれた。受話器の向こうで車の警笛が激しく鳴っていた。娘はひとりで裁判所に行くといい張ったが、やはりひとりで行かせるのではなかったと、ゴーディアンは後悔していた。こんなに打ちひしがれてくるなんて。

「進まなくちゃ、ひどい渋滞よ」彼女はいった。「夕食には間に合うように帰るわ」

しかし、まだ午前九時にもなっていないではないかと、ゴーディアンは胸のなかでつぶやいた。

「夕食までずいぶん時間がある」彼はいった。「それまでどうするつもりなんだ?」

答えはなかった。

こっちの声が聞こえなかったのだろうかといぶかしみながらゴーディアンは待った。そのあと娘の声は急に冷たくなった。「完全な日程表をよこせっていうの?」

ゴーディアンはとまどって両眉を上げた。彼の指はぎゅっと受話器を握り締めていた。

「わたしはただ――」

「最寄りの〈キンコ〉（ビジネスコンビニエンスストアのチェーン）に立ち寄って、お父さんの許可を求めるファックスを送ることだってできるものね」

ゴーディアンはだれもいない部屋に落胆のしぐさをした。胃の状態がさらに悪くなった。

「ジュリア――」

「わたしはもう大人の女よ」彼女がさえぎった。「自分の行動をなにもかも前もってお父さんに知っておいてもらう必要はないはずだわ」

「ジュリア、切るな――」

「またね」彼女はいった。

通話が切れた。

だいなしだ。ゴーディアンは自分を叱りつけた。またぶち壊しにしてしまった。どこでまちがったのか理解しようと努めたが、彼にはわからなかった。さっぱりわからなかった。

下のロジータ通りではたくさんの物語が進行していた。ゴーディアンの従業員が出社しはじめたころ一台の路上清掃車がビルの前を勢いよく通り過ぎていったが、彼のオフィスの床から天井まであるぶあつい窓の前に来ていたとしても、その騒音が彼の物思いをさえぎることはなかっただろう。ゴーディアンは切れて静かになった受話器を握り締めたまま、ひとりぽつんと椅子にすわっていた……

残りの世界から切り離されたような心地だった。

2

二〇〇一年十月十五日　ボリビア、ラパス

丘から現代的な商業地区に向かって降りていくラパス中心部の目抜き通りからは、大峡谷の壁の上にあるくたびれた小さな掘っ立て小屋の列の向こうに、雪を戴いたイイマニ山の五つの峰のうち三つがアンデスの空を大きくかじりとっているところを見上げることができる。この街を訪れた者が決して忘れることのできない光景だ。インカ族の血塗られた記憶をもつアイマラの先住民（インディヘナ）ですら、この光景を見るときには畏敬と尊敬の念をいだく。

国防警察隊の車両とオートバイによる護衛隊が、ビラソン大通りを南東に進んで、聖大アンデレ大学を一マイル弱過ぎたところにある幅の広い分岐を左に向かい、アニセント・アーセ大通りを南部地帯（ソナ・スル）に向かった。カロコトをはじめとする近郊の峡谷のふところ深くに寄り添って、高地の風の刺すような冷たさから守られているこの街の裕福な人々は、仰々しいシャレー風の家やハリウッド映画の様式を意識的にまねて造られた瓦屋根と日乾し煉瓦の広々とした大邸宅の、高い門の向こうで暮らしている。

最上級将校の正装用軍服に身を包んで、警察の車の後部座席にすわっているやせた苦行者のような男は、ここまで来るあいだ、わきにおいた肩掛けかばんに骨張った手をおいて、口笛を吹きつづけているみたいに唇を動かしながら、ほとんどずっと頭を垂れたままだった。窓の外を見たのは二回だけ――一度目は単なる偶然で、例によって〈魔女の市場〉にやってきた客で大混雑しているサガルナガ通りを過ぎたときだった。行商人の屋台には魔除けや薬や粉が並び、幸せを呼ぶといわれているリャマの子宮から切り取られた胎児もあった。そのひからびた皮は発達途上の骨の上にぎゅっと引き上げられ、最後の苦悶の状態を写し取ったように、いや、苦悶を封じこめたかのように、ゆがんでいた。

　伝統的な山高帽をかぶりショールを巻いた貧しいチョーラ（スペイン人とインディヘナの混血女性）たちが、パリやミラノを闊歩（かっぽ）していそうな外見の裕福そうな女たちのそばを歩いていた。異なる階層がまじりあうことはこの街ではめったにない。彼らに共通するのはキリスト教以前の神々への恐怖と畏敬くらいのものかもしれない。このあたりには、客になりそうな人びとに目を凝らしてボリビアーノ（ボリビアの通貨）か米ドルで値踏みをし、運命を占ったりいんちきの魔法をかけて、いくらふっかけられるかを抜け目なく判断している呪術師たちもいた。

　警察の車にひとりで乗っている男は苦々しげに眉をひそめた。社会の最貧民層で人生の大半を過ごしてきたこの男は、彼らが古代の迷信に手を伸ばすのは無知ゆえか追い詰められてのことだと知っていた。しかし、充分に教育を受けた裕福なエリートたちがなぜ？　彼らは別々の銀行口座に現金を振り分けるように、自分の信仰を分配してそれぞれに小額を預け、あらゆる神の恩寵を願ういっぽうで、どの神にも完全な信頼はおかずにいるのだろうか？

護衛隊がサガルナガ通りをあとにして、チョケヤプ川の流れをたどるように続いていく大通りを街のはずれまで進んでいくあいだに、男はまたちらりと窓の外を見た。彼の目は山肌に見える貧民窟に向かった。ひと目見て神の思し召しへの侮辱だと思った。天国と地獄が逆さになっていた。地上の窪地にいる者はなんの不自由もなく暮らし、高地の者はありとあらゆる不自由をかかえている。これは後ろにそびえるイイマニ山の目に見える崇高な神託をないがしろにするものだ。イイマニの鋭く白い峰は神の崇高な威厳であると同時に、神様には牙があるという警告でもあった。

男はふたたび頭を垂れて、次の三十分への心の準備にとりかかった。肩掛けかばんの上に指を広げ、規定の詩句を記憶に呼び覚ましながら静かに唱えた。

男の乗った車はこんどは道路の右側にさっと進路変更をして、速度を落とし、私道に折れて車回しにはいった。前後左右の騎銃兵たちもオートバイの速度を落とした。車道の終点に来ると、美しい芝生の上に大きな灰色の病院がそびえているのが見えた。

タイルの歩道があり、陰になったベンチがあり、多彩な色を散らしたきらきら輝く噴水があり、霧に日の光が当たって揺れ動く虹をつくり出していた。

このガルシア病院はボリビアでいちばん新しい、最高の設備をそなえた医療施設だった。新規採用された医師たちは完璧な経歴の持ち主ばかりだ。周辺のぜいたくなお屋敷同様、この病院の建設と融資にも違法なコカインの取引でつくられた金が投入されており、利用できるのは社会的地位の高い人間や特権の持ち主だけだった。

だとすれば、なんという皮肉だろう。十日前、極秘裏にここに入院をした患者は、麻薬カルテルの撲滅を標榜し、近ごろカルテルを支配統合した悪霊（エル・ティオ）と呼ばれる謎の外国人を逮捕し起訴してみせると国民の前で誓っていたのだから。

軍服で礼装をした男は詩文の朗唱に没頭しており、その口元からはすらすらとラテン語が唱えられていた。

「アヴェルテ・ファシエム・トゥアム・ア・ペッカティス、エト・オムネス・イニキタテス・メアース・デレ……」

御身の顔をわが罪からそむけ、わが不正をすべて消し去りたまえ……

「コル・ムンダム・クレア・イン・ミー、デウス、エト・スピリタム・レクタム・イノヴァ・イン・ヴィセリバス・メイス……」

わが身に清浄な心を造りたまえ、おお神よ、そしてわがはらわたに正しき精神を復活させたまえ……

「ネ・プロイシアス・メ・ア・ファシエ・トゥア、エト・スピリタム・トゥーム・ネ・アウフェラス・ア・メイ」

御身の顔からわれを退けず、御身の聖なる精神をわれより奪うなかれ。

自動車の列は病院の中央入口前のぽっかりあいた広い空間に停止し、騎銃兵たちもキックスタンドを降ろした。先頭の者たちが後ろに回りこみ、車で運ばれてきた男のためにドアを開けた。男は肩掛けかばんの革ひもをつかんで座席から持ち上げ、手を借りて車を降りた。駐車区画のほかの車や、色つきガラスの奥から、ひしひしと視線が伝わってくるようだった。

予想されたことだ、と男は思った。秘密警察の人間がごまんといるのだろう。

なおもわずかに頭を垂れたまま、男は両わきに騎銃兵をしたがえて病院の入口まで階段を上がり、彼らの不安を感じ取って、死にかかっている人のために慈悲を請う詩篇第五〇篇（ミゼレレ）の祈りをささやくように唱えつづけた。

「リベラ・メ・デ・サンギニバス、デウス」

われを血より救いたまえ、おお神よ。

病院の職員と白衣の医師たちの陰気な一団がロビーで訪問者たちを出迎え、儀礼もそこそこに彼らをエレベーターの並びへ導いていった。廊下の入口に灰緑色の野戦服に身を包んだ二名の兵士がいた。軽機関銃をたずさえ、麻薬密売組織取締軍特別部隊、通称FELCNの記章をつけていた。

兵士たちはこの小さな集団の身元確認書類を急いでチェックして、彼らにエレベーターを身ぶりで示した。FELCNの衛兵がもうひとり制御パネルの前に立っていた。その男が点灯しているボタンを押し、彼らは騒々しい音とともに三階へ上がっていった。

しばらくするとエレベーターの扉がふたたび開き、彼らは集中治療病棟に向かって足を踏み出した。

次期副大統領のウンベルト・マルケスは待合室で待っていた。彼は軍服に身を包んだ男に向かって足を踏み出し、固い握手をした。

「呼び出しにすぐ応じていただいて感謝しています」マルケスはいった。「そして、ここへお連れするのに講じなければならなかった異例の保安手段を我慢してくださったことにも」

「理由なくそんなことをなさるわけもない」

「まさしく」マルケスは男をなかへ案内した。「わたしたちの連合政権を結ぶきずなは一本のもろい糸のようなものです。さきごろ和解したばかりのかつての政敵たちにわたしが会う前に、あなたがお越しになった理由が外に漏れ出るようなことがあったら……」

「あなたが宣誓のうえで就任を果たす間もなく、その糸はほつれはじめるかもしれない。よくわかります」男はキャンバス地のかばんを入口のそばの低いテーブルにおいた。医師と職員で構成された経営幹部たちはいっしょに部屋にはいってきたが、警察の護衛は廊下の声の届かないところに恭しく待機していることに男は気がついた。

「どうぞ、あのかたの状態をお話しください」

マルケスはすぐには答えなかった。弁護士の経歴をもつ彼には、政界入りして以来ずっと保身の役に立ってきた言葉の抑制機能が自動的に働いていた。礼儀正しく物腰もていねいで暗い灰色のスーツと同じく細身のマルケスは、医師のひとりにあごをしゃくった。

「アルヴァレス博士、こういう質問には担当医のきみに答えてもらったほうがいいかもしれない」と、マルケスはいった。

名指しされた医師はマルケスから軍服の男へ目を移した。

「大統領は人工呼吸器をつけておられ、意識は完全ではありません」医師はいった。「言葉が不適切でしたらお許し願いたいと思いますが、率直に助言をさせてください。つまり、できるかぎり儀式は割愛していただきたい。時間がありません」

訪問者はしばらく医師に目をそそいでいた。それから黙ってうなずいた。それにつけ加えるべき言葉はなかった。

聖職者の黒いシャツを隠すために用意された軍服の上着のボタンを外し、肩をすくめるように脱いで、椅子の背にきちんとかけた。ほかの衣裳は秘蹟に必要になる品々といっしょに肩掛けかばんにはいっていた。彼はかばんを開けて、それらをテーブルの上に並べはじめた。

「すみません、マルティン神父。あのちょっと」

マルティンは肩ごしに医師を一瞥した。

「はい？」

「心苦しいのですが、病院には服装に関して危険防止のための慣例がございます。この病棟では防護服を着ていただかなくてはなりません」

「たとえば？」

「ラテックスの手袋とガウンが標準的です。濾過（ろか）マスクも」

マルティンは両眉を上げた。「大統領のご病気には伝染病の兆候が？」

「大統領の病気にはまだ病名がついておりません」

「そういうことを訊いたのではありません」

アルヴァレスはさっと神父と視線を交換した。

「ほかに感染例は報告されておりません」彼はいった。「わたしの知るかぎりでは」

「でしたら、わたしは教会の規定書にしたがいます。神のご意志あらば、わたしの健康は守られるでしょう」

機先を制するように医師の手が上がった。しかし、マルティンをためらわせたのは医師の目に浮かんだ憂慮の表情だった。

「どうかよくお聞きください」医師はいった。「医療にたずさわってきた何年ものあいだにわたしは多くの患者の苦しみを見てまいりましたが、家で待っている家族のところに帰れば、それは頭から消すことができました。そうすることで対処をし、これまでもうまく切り抜けてまいりました」彼はそこで口ごもった。「コロン大統領にとりついた苦しみの正体はまだわかっておりません。十日前、あのかたはふつうの流感に似た症状を訴えて、検査のために入院なさいました。関節の痛み。発熱。軽い食欲の減退。しかし流感にはない症状がありました。大統領の体に起こる異変、その進行の速さ……わたしはあの病気のことを考えたり思い浮かべたりせずにはいられませんでした。妻に腕をまわしたり、小さなふたりの息子の顔をのぞきこんだりしているときにも、ふっと頭に浮かんでくることが何度かありました。そしてそのたびに怖くなるんです。怖いのです」

マルティンは医師をじっと見つめ、彼の率直さに感謝した。冷静で超然とした仮面をかなぐり捨てるのは勇気の要ることだっただろう。だがマルティンは考えを変えなかった。

「わたしたちが天から授かった職業は性質の異なる謎のまわりをめぐっています、わが友よ」彼はしばらくしていった。「あなたはあなたの謎と折り合いをつけなければならず、わたしにはわたしの謎があります。それぞれにふさわしい必要なかたちで」

ふたりはしばらく黙りこみ、アルヴァレスは経営幹部のひとりに目を移した。ほんのわずかなうなずきが返ってきたことにマルティンは気がついた。そのあと医師はマルティンに向き直ってためいきをついた。

「わかりました」彼は観念したように告げた。「病棟にお連れします」

就任を前にした次期大統領の部屋は集中治療病棟のほかの部屋から隔離されており、FELCNの隊員がまた何人か警護にあたっていた。アルヴァレスはマルティン神父をしたがえてすばやく防犯チェックを通過すると、長い廊下を病室のドアへ進んでいった。

病室にたどり着いたとき、マルティンはなかから音が聞こえたような気がした。織物になにかをこすりつけるようなざらざらした音がして、そのあとゴツンという音が断続的に聞こえてきた。医師のそばに待機したまま耳を傾けると、また同じような音が聞こえた。

神父は物問いたげな目でアルヴァレスを見た。

「痙攣が激しくなることがありまして」アルヴァレスが説明した。顔の下半分をおおっている濾過マスクで声はくぐもっていた。「怪我をなさったり生命維持装置を壊したりしないように、拘束具をつけさせていただいています」

彼はドアの取っ手に手を伸ばしたが、マルティンが医師の手首にそっと触れて制止した。

「お待ちください」彼はいった。「すこし時間をいただきます」

彼はアルヴァレスの前に移動して、出入口に儀式的な祈りを捧げ、応じる者がいないため自分自身の小さな声でそれに答えた。

「この場所に平和のあらんことを」

「この経路より平和ははいりこむであろう」

祈りを終えると、マルティンは自分の手でドアを押し開けた。ミサ典書と折りたたんだ白い頸垂帯をひじの内側に挾んでいた。首にかけたひもから聖布嚢がぶら下がっており、その正面には大きな赤い十字架が縫いこまれていた。蠟燭、聖水、聖餐布のはいったキャンバス地のかばんが右肩にかかっている。コロンが聖餐用のパンを受け取れるとわかったときのために聖布嚢も用意してきたのだ。

マルティンは部屋にはいった。なかでは、人工呼吸装置から患者の鼻へ、そして舌の奥から呼吸器へとつながっているやわらかいゴム管から、酸素がシューッと音をたてていた。看護婦がひとり、手袋をした手にクリップボードを持ってベッドの足元に立っていた。ふくらんだナースキャップとマスクと細菌遮断用のガウンで、透明なゴーグル越しに見えている目を除いたあらゆる容貌が隠されていた。大きな茶色の美しい目をしていたが、そこにはアルヴァレスが待合室で打ち明けたのと同じ深い苦悩が浮かんでいた。

マルティンは彼女を一瞬見てから、会いにきた男に顔を向けた。

昏睡しているのか、ただ眠っているのか。まぶたとほおと唇の外傷が、蠟のように蒼白な顔色と恐ろしい対照をなしている。点滴の管をつなぐために毛布がめくってあり、右腕の素肌が見えた。真赤な発疹がまだらに浮かんだ腕は、かさかさの皮膚とふしくれだった骨だけになっていた。これを見てマルティンは、〈魔女の市場〉のひからびたリャマの胎児を思い出し、ぞっとした。どちらの手も三本の指が第二関節まで網目状に広げた管に包まれており、その管はベッド・フレームに巻かれたひもにつながっていた。手首に黒い手錠の形の傷跡があった。

「指の拘束は皮膚の外傷を減らすのに効果的でした」マルティンの後ろに立っているアルヴァレス博士がいった。「圧力がかかると毛穴から血が噴き出てきます。ピンポイント出血と呼ばれるものです。最初のころに通常の拘束具を使ってできた傷跡が見えると思いますが」

まだマルティンの目は、コロンの手首の血の気を失った皮膚のまわりの傷跡にそそがれていた。

「ええ」彼はいった。「見えます」

マルティンが到着する前に、ベッドのそばの小卓はわきに片づけられていた。彼はそこに歩み寄って頸垂帯を身に着け、肩掛けかばんから蠟燭をとりだした。蠟燭が受け台にしっかりくっついているのを確認してマッチで火をつけた。聖布嚢から聖餅のはいった聖体容器をとりだし、小卓の蠟燭の前においた。それを聖餐布でおおって、彼は片ひざをついた。

ひざをついた状態から立ち上がったマルティンは肩掛けかばんに手を伸ばして聖水をとりだし、ベッドの足元に回りこむと、十字架の位置に合わせて瀕死の男に振りかけた——正面に一度、左に一度、右に一度。警察の車のなかでしていたように唇を動かして祈りを唱えながら、撒水器を持ってさらに部屋の清めを続けていき、自分のまわりの壁と床にまでその範囲を広げた。そして最後に向き直り、聖水のしずくを看護婦とアルヴァレス博士に振りかけた。

ベッドの小卓をふたたび回りこんだとき、コロンがまた痙攣を起こした。とつぜん、苦笑いでもするみたいに歯茎から唇がめくれ上がった。首とあごの筋肉が震えだした。うがいをするときのような音が口から洩れ、胸が波打って緊張し、酸素の必要量が増えるにしたがって人工呼吸器のたてる音が大きくなった。コロンがマットレスから体を弓なりにそらした。右ひざが急に跳ね上がって毛布が盛り上がり、捕獲された動物みたいに足を激しくばたつかせた。

マルティンはミサ典書を握り締めて自分の胸に近づけ、アルヴァレスに向き直った。

「どうすることもできないんですか?」

医師は首を横に振った。「発作を見ているのはつらいですが、これはいずれおさまります」彼はそういって、壁にとりつけた生命維持装置のモニターを注視した。「筋肉をやわらげる薬を投与します。そうしないと、もっとひどくなりますから」

マルティンは目をそむけたかったが、彼の考えによればそれは利己的な行為、つまり責任放棄だった。彼にはこの部屋で瀕死の人間に慈愛をほどこす義務があった。

コロンの右手がさっとリネンのシーツを交差して、苦しげに宙へ跳ね上がり、それからマットレスを数回激しく打ちつけた。耳ざわりなゴツン、ドサッという音がした。腕が跳ね上がったとき点滴の管が転落防止用の手すりから引き上げられたが、指の管とひもがうまく腕の動きを抑えつけて、管は外れずにすんだ。

三十秒もしないうちに痙攣がおさまってきて、しなびた腕が手すりの上に落ち、しばらくだらんと垂れ下がったのちに、看護婦が回りこんできて体の横におさめなおした。

マルティンはコロンに目を凝らした。ほおがやけに熱く感じ、そのあとこんどは空調のせいでやけに冷たく感じた。人工呼吸器の音の上にかぶさるように、自分が息を吸って吐く音が聞こえた。

ベッドに向かえ。彼は自分の脚に命じた。

「セニョール・コロン」彼は小声で呼びかけた。「マルティン神父です」

認識を示す動きは起こらなかった。

聖職者は死の床に体をかがめた。コロンの顔の腫れ物は黄色っぽい分泌物でできたかさぶたにおおわれていた。マルティンは軟膏のにおいに気がついた。その下からそれよりはるかに不快な感染症のにおいがした。

「わたしとしてきた数々の議論をご記憶ですか」彼はいった。「わたしたちはおびただしいほどの議論をしてまいりました、多くの問題について。信仰について。そして力について」

コロンの閉じたまぶたの下で、目がぴくっとしたような気がした。

「これから神のお慈悲にうかがいを立て、その御心とのつながりに新たな力を見つけます」神父はいった。「あなたとわたくしで、ごいっしょに――」

アルヴァレスが前に進み出た。「神父、弱りすぎています」

マルティンは背中の後ろにさっと手を突き出し、それを振って医師を黙らせた。

「大統領閣下」彼はいった。「聖餐を受けることができますか?」

一瞬の間があった。コロンの目がさきほどよりも速くぴくぴくした。そのあと片方の目が開き、マルティンに視線をそそいだ。

白目の部分は血のなかを泳いでいた。

マルティンの頬がさっと熱くなり、また冷たくなった。ほおが汗で湿っているのがわかった。

「聖餐を受けることができますか?」声の震えを抑える努力をしながら、聖職者は質問をくりかえした。

コロンは懸命に答えようとしたが、しわがれ声を出すのが精一杯だった。

「そこまでだ」医師が主張した。「これ以上は――」

アルヴァレスはこんどは制止される前に黙りこんだ。

コロンはマルティンの顔から片時も赤い目を外さず、弱々しくはあったが紛れもないうなずきのしぐさで自分の意志を明らかにした。

マルティンはベッドの小卓を向いて一瞬その前にひざまずき、聖体容器から聖餐布を持ち上げた。アルベルト・コロンの心に罪の重みがあれば、全能の神の前で心のなかを打ち明けなければならなくなる。いまの状態で告白をするのは人間の力では不可能だった。

マルティンはベッドのわきに移動して瀕死の男のあごの下に聖餐布をおき、告白の祈りを唱え、彼の名前で悔悛の秘蹟を捧げ、彼の現世の罪からの赦（ゆる）しを嘆願した。

「わが過ちなり（メアクルパ）、わが過ちなり（メアクルパ）、わが最大の過ちなり（メアマクシマクルパ）」

嘆願の祈りを終えると、マルティンは容器から聖餐のパンをとりだし、それをコロンの顔の上に持ってきた。

「唾を飲みこんでみてください」彼はいった。「むずかしいときは、水をひとなめすると飲みこみやすくなるかもしれません」

コロンは開いた片目で聖職者をじっと見つめた。虹彩が異様に明るい。彼に大統領の座をもたらしたあらゆる情熱と意志がそこから光り輝いているかのようだった。腐敗勢力の強大な同盟を敵にまわしながら、彼は自由選挙によってこの座を勝ち取っていた。

コロンは努力のうめきをあげた。すると、ひび割れた唇がゆっくり開いてきた。息にまじった病（やまい）の悪臭は、毛穴から出ていたものよりはるかに強烈だった。舌と口蓋に、紫色に盛り上がった損傷の群れがずらりと並んでいた。歯茎の縁から洩れ出た血が前歯にべっとりとりついている。

マルティンは親指と人差し指で聖餅を挟み、コロンの口のなかにおこうと体をかがめた……マルティンのなかのあらゆるものが失速したのはそのときだった。

彼はそこに立ったまま、瀕死の男の口から数インチのところで手を止めて硬直していた。

舌の上の例の傷が……開いていた……液体が噴き出ていた。

マルティンは動くことができなかった。

待合室でアルヴァレスは、わたしになんといった？

「あの病気のことを考えたり思い浮かべたりせずにはいられません……怖いのです」

聖職者は激しい羞恥心をおぼえた。医師の警告を断固はねつけたときの記憶が、自分をあざけるようにいまよみがえってきた。

怖い。

マルティンは額に玉の汗を浮かべ、聖餅を舌の上におくあいだだけコロンから目をそらした。

しかし手の震えを止めることができず、すばやく手をひっこめずにもいられなかった。臨終の聖体拝領の祈りを声にするあいだも、祈りが自分からこぼれ落ちていくような、あるいは自分が祈りからこぼれ落ちていくような心地に襲われていた。いまだ経験のない断絶感だった。暗い穴にすべり落ちていくような心地がした。信仰のあらゆる言葉が虚空に消えていく、わびしい心の空洞へ。

この先自分は多くの時間を費やして、ちがうと自分にいい聞かせてはたちまち恐怖に裏切られ、苦悶のなかでひそかに祈りを唱えるだろう。しかしマルティンにはわかった——わたしは神の恩寵を失いはじめたのだ。

3

二〇〇一年十月二十八日　カリフォルニア州モントレー湾

ロリー・ティボドーの釣り竿にぐっと手ごたえがくると同時に、巨大なシー・バスがとげのついた背びれを主帆（メーンスル）のように立てて、まだら模様の横腹から泡を跳ね散らしながら湾の水面に跳ね上がった。

魚にゆとりを与えてはならないと心得ていたから、ティボドーは足を開いてしっかり踏ん張った。丈夫な糸がぴんと張り詰めた。直立した竿が手のなかでぐぐっとたわみ、彼は竿の尻を自分の腹に押しつけた。握った手にぐっと力を込めるとハーネスのストラップが肩に食いこみ、糸の引く力に負けじと腕の筋肉に力を込めた。

次の瞬間、彼の内側でなにかがくじけた。痛みというより、胃袋と股間のあいだでとつぜんがくんと力が抜けた感じだった。足がポモナ号のデッキを前にずずっとすべり、舷縁に近づいた。三インチか四インチくらいだったかもしれないが、バスにはそれで充分だった。魚は水中からまっすぐ上へ勢いよく跳ね上がった。すさまじいしぶきをあげて水面に飛びこみ、また水面に浮上して、幅の広い灰色の頭を狂ったように左右に打ち振った。

弓の弦のように全身を震わせていた糸が、擬似餌のついたハリスのすぐ後ろでぷつんと切れた。

バスは勢いよく後ろへ跳ねてモーター付きミットの船尾から遠ざかった。ティボドーの針はバスの大きく開いた口のなかに埋まったままだ。糸が切れた瞬間、バスは完全に宙を飛んでいた。日射しのなかでうねった巨体の鱗がきらりと明暗をおびた。五フィートから六フィートのあいだだとティボドーは見当をつけた。

ばしゃっと勢いよく水面に落下し、体を裏返して水中にもぐりこみ、尾びれで小さな渦の跡を残して視界から消えたバスに向かって、ティボドーはののしりの言葉を吐いていた。

奮闘に息を切らし、短い茶色のあご髭の上の顔を紅潮させたティボドーは、憤懣やるかたない様子で竿を舷側に放り投げ、手すりの上に体をのりだした。

「ちきしょう」彼はうなった。そして舷縁を蹴りつけた。「くそったれ!」

メガン・ブリーンはしばらく彼の背中を見つめ、それから彼女の左にいるピート・ナイメクに目を移した。当たりが来たとき、ふたりはティボドーの後ろに駆けつけて応援していたのだ。

ナイメクはバスケットボールのハンドオフの身ぶりをした。ここはきみに任せた、と。

メガンはリーヴァイスの尻ポケットに親指をひっかけ、あつらえのレザー・ブラウスの肩に鳶(とび)色の豊かな髪をなびかせながら、沖合のさわやかなそよ風のなかでもうしばらくティボドーを見つめていた。

それから肩をすくめて足を踏み出し、ティボドーに近寄った。

「よくあることよ、ロリー」彼女はいった。「逃がした魚の話は、だれにだってあるんだから」

ティボドーがぱっと手すりから振り向いた。

「ちがう」彼はあえぎながら頭を振った。「向こうはへとへとだったんだ」

「わたしには闘志満々みたいに見えたけど」

「わかってない！」彼はいった。ほおと額の赤みが黒ずんだ。「あいつが聖水を浴びせられた悪魔みたいに身をよじっていたとしても関係ない。あいつは弱ってた。釣り上げられるはずだったんだ！」

メガンの目が鋭くなった。

「落ち着いて、ロリー」彼女はいった。「あなたのしてたのはだてにスポーツフィッシングと呼ばれてるわけじゃないわ。楽しい娯楽のはずでしょう」

ティボドーはまたかぶりを振り、大きく息を吸いこんで吐き出した。

「五線紙のごとく乱れなく、か」彼はいった。「わかったよ、すべて順風満帆だ。ちょっといらついただけで」ティボドーはばつの悪そうな顔をした。「大物を逃がして迷惑をかけたことなんかなかっただろ？」

　メガンは彼をじっと見ていた。

「ええ」彼女はいった。「なかったわ」

「じゃあ、下に降りて、いまいましい竿をしまって、ボスの豪勢な宿泊施設を楽しませてもらってくるよ」

　彼女はうなずいた。

　ティボドーは曲がった竿を拾い上げると、一〇〇フィート・デッキを大股で横切って、ナイメクに気づいたそぶりも見せずにその横を通り過ぎた。

　ナイメクがメガンのそばにやってきた。

「あんなふるまいをするあいつは初めて見た」彼はいった。「きみは？」

「初めてよ」艦橋の下の階段を降りていくティボドーを見つめながら、メガンはいった。「長年のつきあいだけど」

「いらいらしてたのは魚との綱引きのせいだろうか、あの会議でやらかしたリッチとの綱引きのせいだろうか？」

「たぶん両方ね。断言はできないけど」彼女はためいきをつき、船の舳先（へさき）へ視線をさまよわせた。「そのもうひとりの全世界監督官だけど、あっちはあっちで不機嫌そうよ」

ナイメクは振り向いて目を向けた。トム・リッチはむっつりとした横顔を見せて、立ったまままじっと海を見つめていた。

「ふたりに全世界監督官の肩書を分け与えたのは失敗だったんじゃないかと、考えざるをえない」ナイメクはいった。

「もう七カ月近く経ったんだし、決めたことを後悔しても遅いんじゃないかしら。いい判断だったと思えるようにするしかないわ」メガンはナイメクの両肩に手をおいた。「あなたの見つけてきた人よ」彼女はいった。「あなたに任せるわ」

自分をリッチのほうへ押しやろうとするメガンに、ナイメクは抵抗しなかった。

長身でやせ形で髪が黒く、色男の容貌に彫刻刀で鋭い切りこみを数カ所入れたような骨張った顔つきをしたトム・リッチは、ナイメクが近づいていくあいだずっとサングラスの奥から海の彼方を見つめていた。

「怒れるケイジャン（ルイジアナ州のフランス系住民）は大物をあきらめたのかい？」みじんも動きを見せずにリッチはいった。

ピートはリッチのそばに立って、手すりの上に両腕を交差させた。

「注意を向けていたとは知らなかった」ナイメクはいった。

リッチは静止したままだった。

「警察時代の習慣だ」彼はいった。「どんなものにも注意は払う」

ふたりは黙りこんだ。メガンは数ヤード後ろでデッキチェアに落ち着き、背もたれを倒し、長い脚を前に伸ばして午後の日射しで日光浴としゃれこんでいた。リッチは海から視線を外したようには見えなかったが、彼女のほうへわずかに頭を傾けた。

「たとえば、あのリーヴァイスだが」彼はいった。「体にぴったりのジーンズは時代遅れで、だぶだぶのが流行だと世間はいう。メガン・ブリーンがはいているぴったりのを世間の連中は見たことがないにちがいない」

ナイメクは小さくほほ笑んだ。

「まったくだな」彼はいった。

ふたりは無言のまま、湾のおだやかな青い輝きをながめていた。

「八〇年代以降、巨大なバスを釣り上げるのは禁止されている」二分ほどしてリッチがいった。「どっちにしろティボドーは放してやらなくちゃならなかったはずだ」

「喜びは釣り上げたことにあるんであって、持ち帰ることにあるわけじゃない」

「メイン州でおれが知り合いだった漁師たちにその理屈をこねるところを聞かせてもらいたいな」リッチはいった。「面白いことに、だれひとり海のことを美しさうんぬんで語る人間はいないだろう。彼らにとっての海は、日の出前の寒さのなかで起き出し、湿った水漏れしがちなぼろ舟に乗って網を投げる場所なんだからな。しかし、生計を立てる場所ではあるし、海には別の意味で感謝の気持ちをいだいている」

ナイメクはリッチに目をやった。「なにをいおうとしているのか、よくわからんな」

リッチは手すりの上に体をのりだした。

「じつは、おれにもだ」リッチはそういって肩をすくめた。「おれは東海岸の人間だ、ピート。ボストンの造船所から歩いて十分のところで育った。昔から大西洋のことは働く男の海だと思っていた。理不尽な話かもしれないが、おれにとって太平洋岸は、双胴船で、サーフィンをする金髪の気取り屋たちで、プラチナブロンドの〝ベイウォッチ・ガール〟たちなんだ」

「ははあ」ナイメクはいった。「つまりきみは、おだやかな海は性に合わないと思っているわけか？」

リッチは答えかけてためらい、それからゆっくり顔を回してナイメクと向き合った。

「会議でティボドーともめるつもりはなかった」彼はようやくいった。

「そんなつもりだったなんて、だれもいっちゃいない」

リッチはかぶりを振った。

「そういうことじゃない」彼はいった。「だれがなにをしたとか、なにをいわなかったとかじゃない。そんなことはどうでもいい」

ナイメクは思索にふけるような表情になった。

「わかった」彼はいった。「問題はそれにどう対処するかだ」

リッチはたくましい腕のまわりにシャツの袖をぱたぱたはためかせながら、そよ風のなかに立っていた。

「わからない」彼はいった。「あの会議にいたのは、みんな……おれを除いては……ゴーディアンと何年もいっしょにやってきた人間ばかりだ。〈剣（ソード）〉がどうあるべきかについて、みんなが同じ考えをもっている。みんな、ある種の活動指標に忠実であることに慣れている。そして、その指標をつくり出したのはあんただ」

「自分の考えには合わないともう判断したみたいだな」ナイメクはいった。「つまり、合いようがない、合わせる気もないわけだ」

リッチは相手の顔を見た。

「現実的であろうとしているだけだ」彼はいった。「それじゃ、ピート、いまでも疑いはもっていないといえるのか」

ナイメクは考えこんだ。〈剣（ソード）〉は彼の雇い主が世界展開している大企業の情報・保安担当部門であり、その名前は古代のゴルディオスの結び目の故事に由来する。その複雑な結び目は解こうとするあらゆる試みをはね返してきたが、最後にアレクサンダー大王が難解な結びかたには目もくれずに剣で一刀両断してのけた。そこには、かのロジャー・ゴーディアンが自社の事業を危険にさらしかねない現代の難問に対処するときの現実的な姿勢に通じるものがあった。ゴーディアンはその地域独特の政治的、経済的な特性を活用して問題の発生を予測し、本格的な危機に発展する前にその芽を摘むようにする。また、予測不能の緊急事態がとつぜん発生してアップリンク社の人員が危険にさらされた場合には、最高の訓練を受け最高の装備で武装した私設部隊を投入して対応する。

ゴーディアンは年に一度、感謝祭とクリスマスを前にして浮き足立った雰囲気が最高潮に達する前に〈剣(ソード)〉の指揮官たちを自分のヨットに集め、肩の凝らない年末報告と特定のテーマに限らない自由な青空会議、つまり公開討論会を開催する。この機会に彼らは組織の最近の業績や不充分な点を考察し、有事にたいする備えの現状評価をし、うまくいけば組織の将来的な方向についてコンセンサスを得る。

ところが今年の円卓会議が——少なくとも、ふたりの重要人物のあいだに——生んだものは、共通の理解どころかとげとげしい衝突だった。

会議は昼食前から、ポモナ号の広大なメイン・サロンの豪華なじゅうたんとマホガニー製の高級家具のなかで行なわれていた。ナイメク、メガン、リッチ、ティボドー、そしてゴーディアンのほかに、南太平洋での長期勤務から戻ったばかりのアップリンクのリスク査定部長ヴィンス・スカルも出席していた。南太平洋に新しい衛星地上施設の建設地を探し出す仕事にいそしんできた彼の体には、ひと目でわかる腹まわりの脂肪だけでなく、小さいながら精巧ならせん状の刺青が右手の甲に加わっていた。彼の説明によれば、マライタ島のある女がふたりの出会いを永遠に記憶にとどめるためにほどこしたものだという。

会議が始まるとすぐに、スカルは情報がぎっしり詰まったメモをほとんど参照することもなく、仏領ポリネシアの自然と産業資源、貿易統計、政治構造その他に関する詳細な事実と数字を示しながら、この国は監視／中継ステーションの建設に理想的な土地だと太鼓判を押した。この推薦についていくつか質問を受けたあと、スカルは世界各地に範囲を広げてアップリンク社の状況を概括しはじめた。

気むずかしさに定評のあるスカルにはめずらしい機嫌のよさだった。

「総体的には胸を張っていい状況だ」と彼は総括し、自慢したあと復讐の女神ネメシスの怒りに触れないようにテーブルの表面をこぶしで二度コツコツたたくまじないをほどこした。「春に起こった汚らわしい事件以降は平穏無事にきている。うちが人員をつぎこんでいる場所で、手に負えなくなる前に鎮静化できなかった地域紛争や民族紛争の勃発はひとつもなかった。外交のマッサージ効果もあるが、わが社が影響力を行使してきたおかげでもある。また、内紛を心配していた多くの土地は、クーデターや大量殺戮をともなう血の粛清をなんとか避けることに成功してきた。ようちのケツに嚙みついてくるありふれた力の政策(パワープレイ)さえもだ」彼は乱れた髪の房を、ますます薄くなった頭になでつけた。「ロシアを例にとってみよう。国の主導権を握っているのが老いぼれのスタリノフ大統領で、国家主義者の反対勢力がふたたび力を強めている状況からみて、しばらく前にスタリノフがクレムリンの続き部屋にしがみつくのに手を貸したことへのしっぺ返しはあってもおかしくないと思っていた。しかし、雇用や資金の流入に果たすわれわれの値打ちが長年にわたる確執を乗り越えさせてくれたらしい」

「今後の予測は？」ゴーディアンがたずねた。「ロシアに限らない全世界の話だが？」

スカルは肩をすくめた。「なにごとも永遠に続きはしないだろうが、おれのスクリーンに危険を知らせる大きな点滅は見えていないし、ゴードのお気に入りの比喩を使うなら、道のでこぼこも見えない。アップリンクの支社があるか、うちの衛星通信網につながっている土地は、どこも生活の質が向上している。金玉をぶら下げたどこの専制君主も繁栄をだいなしにするグリンチとして名を馳せたくはない。自国でも自由市場の民主主義が機能することを見せたがるものだよ、諸君」

「ほとんどの国家元首にとっては、政治的反動にたいする懸念が良心の代用品として機能しているということね」メガンがいった。彼女はちらりとスカルを見た。「気がついてくれた、ヴィンス、わたしが低俗な人体解剖学的表現をひとつも使わずに意見を述べたことに？」

ゴーディアンが微笑を浮かべた。

「わたしはどっちも歓迎だ」と彼はいって、グラスからコーラをすこし口にした。

さまざまな主題を網羅しながら議論は続いていった。インドに駐留中の〈剣(ソード)〉の状況は？　南アフリカは？　非致死性兵器部門が開発した新しい火器のテスト結果は？　イントラネット・ソフトのアップグレードは行なわれるのか？　ポーランドとの交渉はどうなっているのか？　そして、ボリビアの次期大統領アルベルト・コロンの急死が二次的な問題に発展する可能性は？　この悲劇はコロンが若くしてこの世を去ったことだけではなかった。彼の人道主義的価値観と麻薬カルテルへの積極果敢な挑戦は、地域の活性化をうながし、アップリンク社とボリビアが合同で産業開発にのりだすための予備会談にまでつながっていた。若い政権の舵取りをするコロンがいなくなったいま、この努力の展望は？

　などなど。正午をむかえて会議は昼食のために中断された。冷やしたポーチドサーモンのオランデーズ・ソース風と、ケパーと胡瓜(きゅうり)のサラダがポモナ号の調理室に用意され、手慣れた給仕係二名に作法どおりに運びこまれ、それぞれにふさわしい高い評価を受けながら口に運ばれていった。

　この春、アップリンク社の製造した国際宇宙ステーションの実験モジュールを運ぼうとしていたＮＡＳＡのスペースシャトルが破壊行為(サボタージュ)を受け、〈剣(ソード)〉がブラジル南部とカザフスタンで同一とみられる傭兵のテロ部隊に遭遇した事件を議題に持ち出すのを彼らが昼食後まで待ったのは、偶然のことではなかった。スカルが〝汚らわしい事件〟と表現した出来事だ。あの事件についてはたくさんの大きな疑問がいまだ解明されていない。ゴーディアンがそれ以外の協議事項を片づけておいたのは、会議の後半をもっぱらその問題に振り向けるためだった。

からになった皿が運び去られていくと、ゴーディアンは洞察力にみちた鋭く青い目をロリー・ティボドーに向けた。

「さてと」彼は切り出した。「ほかに報告すべき進展は?」

ティボドーは口元をきゅっと閉じた。

「いくつかある」彼はいった。「〝山猫(ル・シャ・ソヴァージュ)〟にからんだことだ」

テロ部隊のあの名前のわからない野戦指揮官をティボドーが〝山猫〟を意味するケイジャン特有のフランス語のあだ名で呼んだときリッチにいらだちと怒りのまじった感情が張り詰めたのを、後刻ナイメクは思い出すことになった。あの野戦指揮官は〈剣(ソード)〉が二度にわたって捕獲しようとしたにもかかわらず、その手をすり抜けていた。二度目のときは、バイコヌール宇宙基地で激しい素手の戦いを繰り広げているさなかにリッチの手を引きはがして姿を消していた。

「二、三日前までこの男について確かな手がかりを与えてくれそうなものは、なにひとつなかった」ティボドーが話を続けた。「しかし九七年にペルーでアメリカ人植物学者が誘拐され、七〇〇万ドルの身の代金を支払って解放された事件についてわかっていることをはじめとして、憶測の材料はたっぷりあった。学者の話では、麻薬ゲリラに誘拐を命じた男は長身で、髪は金髪、肌の色は明るく、重量挙げの選手みたいな体つきだったという。両目を奪ってから家族のもとに返してやれと命じたそうだ」

ゴーディアンはぞっとしたように頭を振った。「そうしておけば誘拐犯が捕まっても、犠牲者がその男の正体をしっかり伝えるのはまず不可能だからだ」彼はいった。

「その血の凍りつきそうな論理はわれわれの敵にぴったり一致する」

ティボドーはうなずいた。「しかし、それとて最悪のケースじゃない。スーダンから届いた話によれば、死の三角地帯（トライアングル）と呼ばれるあの国の南部で同じような容貌の男が傭兵部隊を率いていたそうだ。あそこで内戦が勃発した二年ほど前の話だ。そいつは、ハルトゥーム（スーダンの首都）の過激派に敵対していた複数の村を全滅させた。老若男女の区別なく、健常者でも病人でもその男にとっては同じだった」ティボドーは顔をしかめた。「この畜生はたんに冷血なだけじゃない。怪物だ」

「そして神出鬼没だ」ナイメクがいった。「昨年モロッコでハイジャックされたエール・パリ機をおぼえているか？　ここでも人質がとられ、莫大な身の代金が支払われた。ハイジャック犯のアルジェリア人たちは、まず子どもたちから殺すと脅し、当局はただのはったりではないと確信した。やつらは人質解放の条件として個人用のジェット機を与えられ、空から知られざる場所へ逃走し、二〇〇〇万フランを持ったまま痕跡を絶った。いや、ほとんど痕跡を絶った」彼は前に身をのりだした。「つまり、この男にも見せた尻尾があるんだ、ゴード」

ゴーディアンは先を待っていた。

「命令を出していたハイジャック犯は、飛行機の外の滑走路ではストッキングのマスクを一度も外さなかった。しかし、空調と換気装置を切った機内ではちがった」ナイメクがいった。「マスクを脱いだときに男の顔を見た乗客たちがどう説明したか、推測してみてくれ」

ゴーディアンはナイメクの顔を見た。「金髪で、明るい色の顔をしていたんだな」

「そして重量挙げの選手みたいな体つきだった」ナイメクがうなずきながらいった。「アルジェリア人でないのはまちがいなく、スイス人かドイツ人かもしれない訛りのある言葉を話していた」彼は一度間をおいた。「この事件が起こったとき情報を要約する準備はしたんだが、うちと関連のないことだったんでちょっと頭から消えていた。その後、うちの事件の捜査のためにデータの見直しをしていたとき、コンピュータで小さな事実に出くわして、犯人の金髪の男はうちの追っている男と同一人物かもしれないと考えはじめた。それで資料にあたりなおしてみると、うちにとってはきわめて重大な事実がとつぜん浮かび上がってきた。つまり男が注意を向けていなかったとき、機内で拘束されていたフランス大使がうまく男の写真を撮ることに成功していたんだ。ひどい外傷を負ったせいで、大使がフィルムのことを思い出してそれを現像したのは数カ月後のことだった」

ゴーディアンは両眉を上げていた。

「きみは実際にその写真を見たのか？」

「いや、そのときは」ナイメクがいった。「しかし、ロリーのおかげで見ることができた」

ティボドーは、そんな手柄はなんでもないとばかりに片手を振り立てた。

「その情報を手に入れるのにピートが使ったつてにはかなわんよ。なにしろ、空港にいた国家憲兵隊の有事武力干渉部隊司令官だからな」ティボドーはいった。「ひとつだけ問題があった。その司令官がよこしたそれは非公式の確認されていないものだった。国家憲兵隊対テロ部隊（ＧＩＧＮ）の当局者は、だれもスナップ写真があったことを認めようとしなかった。理由はふたつ。ひとつは、彼らは最高の部隊ということになっており、ハイジャック犯に逃げられたことにきまりの悪い思いをしていた。面子を保ちたかったし、自分たちより先にほかのライバル機関に捕まえられたくなかった。ふたつめ、その大使は怖くなって裏でこっそりその写真を始末しようとした。写真が法廷で証拠に使われ、それを撮ったのがだれかわかったら、自分や家族がテロリストたちから報復を受けるかもしれないと考えたんだな。同じ立場におかれたら、おれもそう考えたかもしれない」

「どうやって手に入れたのか教えてくれないか」ゴーディアンがいった。

ティボドーは肩をすくめた。「裏にコネがあるのは大使だけじゃないさ。おれは欧州刑事警察機構（ユーロポール）のしかるべき人物に借りを返せと要求し、その人物がほかのだれかに同じことをした。まあ、そんな感じだ。動きがあるまでしばらくかかった。しかし先週のある日の朝、コンピュータのスイッチを入れると、暗号化された電子メールに画像が添付されていた。ブラジル南部の滑走路にいた例の男だと、すぐぴんときたが、〈ホークアイ〉一号がとらえた衛星画像を呼び出して一〇〇パーセント確信した。その両方の画像をリッチに転送した。リッチは実際に間近でそいつを見ているからな」

ゴーディアンはテーブルの向かいにいるリッチにちらりと目をやった。

「そしたら?」

「やつだった」リッチはいった。「まちがいない」

ゴーディアンは考えこむような表情になった。

「もうひとつ取り組んでいることがある」一瞬降りた沈黙のなかにティボドーが告げた。「重要な決め手になるかもしれないから、進展を見守っているところだ」

ゴーディアンはティボドーに注意を向けた。そして、「聞かせてもらおう」といった。

「その友人への贈り物は小さくなかったが、いざというときの蓄えをつぎこんだ」ティボドーはいった。「写真だけじゃなく、既知のテロリストを集めたユーロポールのデータベースにアクセスさせてほしいと頼みこんだんだ。段取りをつけてもらうのにまた時間がかかったが、すぐにもアクセスできるようになるかもしれないそうだ。そうなったら、あの〝山猫〟におおむね一致するやつがいないか、技術者たちが取り組んできた新型の〈プロファイラー〉で割り出してやる」

「このソフトは、顔全体をマスクでおおっていたり変装したりしている容疑者を識別するために設計されたもので、ファイルにはいっているデジタル画像ひとつひとつと変更不能な身体的特徴の一覧を比較対照することで整形外科手術をほどこした人間でも識別できるようになっている」ナイメクがいった。「ヨーロッパのデータが使えそうだというロリーの話を聞いて、メガンとわたしは国内の保安機関の協力を得ることについてすこし楽観的になった。彼らのデータをうちに入力させてくれるよう説得に努めているが……」

「で、首尾は？」

「ＣＩＡがネックになっている」ナイメクはいった。「いろんなチャンネルを探っているところだ」

ゴーディアンはメガンをちらりと見た。「FBIはどうなんだ？　DCのボブ・ラングに連絡はとっているんだろう？」

彼女はうなずいた。「彼はわたしの要求に好意的に応えてくれていますし、進捗を見ているような気がします」彼女は肩をすくめた。「来週早々に直接会って相談する予定です」

「粘り強くついてやれ」と、ゴーディアンはいった。そして自分の前の黄色いノートにメモをした。「わたしからもラングに電話をしておこう。とにかく調査のこの側面に関するかぎり、われわれは粘り強く作戦を遂行――」

「それでは充分じゃない」

あとから考えると、リッチが口を挟んだことより彼がもっと早く発言していなかったことに自分は驚いたのかもしれない、とナイメクは思った。この調査の進めかたをめぐってリッチは同僚たちと意見の不一致が続き、ことあるごとにナイメクに不満を訴えていた。

ゴーディアンはリッチに顔を向けた。ナイメクと部屋にいた全員が同じことをした。

「どこに問題があるんだね？」ゴーディアンは落ち着いた口調でたずねた。

「おれがこのチームへの参加を要請されたのは、チームの改革を図れる人材が必要だったからだ。現状をいじくりまわすんじゃなく、先を見越した活動のできる人材が必要だったからだ」リッチはいった。「とにかく、雇い入れたいと口説かれたときはそういう話だった。なのにいまおれたちは、ユーロポールやＦＢＩに電話をするなんて話をしている」

ゴーディアンはしばらくリッチをじっと見た。

「われわれはもっと別のことをしているべきだというわけだ」ゴーディアンはいった。

「すべきことは山ほどある」リッチは答えた。「週七日／二十四時間態勢でこの仕事にあたる特別機動隊が必要だと、おれは思っている。それには緊急配備部隊（ＲＤＴ）を送り出して、クヤバとロシアの宇宙基地でおれたちを襲った連中を追跡できる、独立した司令部が必要だ。どんな労力を費やすことになろうと、やつらがどこに潜伏していようと、みずからの手でやつらを岩の下から掘り起こし、木々のあいだからひきずりだしてやる必要がある。こちらから挑発したわけでもないのに、やつらはうちの人間を殺害した。なのにおれたちは、やつらを狩り出すのに費やすべきだった何カ月もの時間をむだにしてきた。積極的な攻勢に出る必要がおれたちにはある」

沈黙が降りた。

ゴーディアンはリッチに目をそそぎつづけていた。口を開いてなにかをいいかけ、また閉じた。そしてほおをこすった。

「うーん」彼はいった。「いまの意見は、きのうきょう思いついたことじゃあるまい」彼はもう一度ほおをこすった。「もっと早くその意見をわたしのところに持ってきてほしかったな」

リッチは肩をすくめるにとどめた。しかしリッチがそうしなかった理由は、ナイメクには明白だった。どんなに意見が衝突しようと、ナイメクとリッチは長年にわたる友人どうしだ。リッチにしてみればナイメクの頭越しにゴーディアンに進言することになる。友人への忠誠心がそれを許さなかったのだろう。

短い沈黙ののち、ゴーディアンはテーブルを見まわした。

「だれか意見のある者は？」

ティボドーがさっと身ぶりをした。早すぎるくらいだったかもしれないと、ナイメクはあとから思い出した。

「現実を見つめる必要がある」眉をひそめながらティボドーはいった。「その手の人狩りがうちの各種資源にもたらす消耗はもちろんのことだ。外国でうちの地上施設をパトロールする承認を得るのだって大変なんだ。だれの許可を得て、武装した捜索部隊に国境を越えた活動をさせるっていうんだ？」

「おれたち自身のだ」リッチは即座にいった。

ティボドーのひそめた眉がさらにつりあがった。

「あんたがギャングどもを路上から連行しようとしてる街の警官だったころなら、それでよかったかもしれないが、国際的な法規を守らなければならない状況じゃそうはいかん」彼はいった。「どこでも好きなところに行けるわけじゃないし、なんでも好きなことができるわけじゃない」

リッチは鋭い目でティボドーを見据えた。

「あんたがブラジルでワイアット・アープを演じて、銃でずたずたにされたときみたいにか？」と、彼はいった。

部屋のなかにさっと緊張が走った。ティボドーは椅子のなかで体をこわばらせ、憤慨と敵意をあらわにリッチをにらみつけた。

「ヴェトナムにも荒くれがたくさんいた」ティボドーはいった。声が震えていた。「驕(おご)った態度を捨てなかったやつらは自分の首を絞めることになった」

リッチはそれにはなにも答えなかった。微動だにせず無表情のままティボドーの目に視線をそそいでいた。

ふたりのあいだになにが起こっているのかナイメクにはよくわからなかったが、捜査方法をめぐる考えかたの相違とはほとんど関係のないことだと肌で感じとっていた。だが、そのことを考えている時間はなかった。ティボドーがリッチに詰め寄るのではないかと不安になって、ティボドーの挙動を見守り、そうなったらふたりを分ける準備をした。

さいわいゴーディアンが割りこんだおかげで、そういう事態にはいたらなかった。彼は大きな咳ばらいをして緊迫した静寂を破る役どころを引き受けた。

「午後はここまでにして、このあとは新鮮な空気を楽しんでもらうことにしよう」彼はおもむろにそう告げた。

ティボドーが言葉を返しかけたが、ゴーディアンはそれをさえぎった。「休会」とゴーディアンは告げ、さっと椅子から立ち上がった。「リラックスに努めよう」

いちおうの終止符は打たれた。少なくともこの場で敵愾心が沸騰する状況だけは避けられた。それから二時間たったいま、ナイメクは船上の手すりにいるリッチのそばにいた。ふたりとも、なにかをじっと考えこむように青い海の彼方を見つめていた。

いったい、ティボドーのなにが気に入らないのだ？　ナイメクは思った。なぜリッチはあんな激しい憎悪をかきたてるようなことをしたのか？　魚を逃がしたときのことはともかく、ティボドーは理知的で思慮分別のある男だ。そのときの気分で怒りを爆発させる人間ではない。ピートはそれを知っていた。ティボドーのふるまいの根っこにはまだ語られても知られてもいないことがあるのだと、ナイメクはまた心のなかでつぶやいた。その知られざる事情が、自分とメガンが脚本を書いたショーが打ち切りになりかねないところまで彼を追いやったのか？

確信はなかった。最近はそんなことばかりのような気がする。以前のあの会議の記憶が、ふとよみがえってきた。それは、半年前にアップリンク本社で行なわれ、きょうのグランドフィナーレの激しい軋轢とはまったく異なる雰囲気で終了した会議だった。リッチがカザフスタンでの任務を終えて戻ってきた三日か四日あとのことで、彼はナイメク、メガン、ゴーディアンといっしょに、今後取り組まなければならない厄介な未解決問題について話しあった。あのときの彼らの気分は意気盛んとはとてもいえたものではなかったが、その気分を切り替えてくれたのは問題に取り組むリッチの姿勢だった。

いまナイメクは、記憶を呼び覚ましながらリッチをちらりと見た。

「小さな何歩かを刻む。それしか前に進む方法はない」ナイメクは静かにいった。

「この言葉に聞きおぼえはないか？」

リッチはしばらくのあいだ動かなかった。そのあと、顔にかすかな笑みを浮かべてナイメクのほうに顔を向けた。

「ああ」彼はいった。「おぼえてる」

「すばらしい助言だった」ナイメクがいった。「状況に進展のチャンスを与えるあれ以上の表現は思いつかない」

リッチはうーっとうめいて、また水面をじっと見た。

「だったらだ」彼はいった。「今後ティボドーが押してきたら、おれはそれ以上の力で押し返す。迷惑かい？」

ナイメクは肩をすくめた。

「迷惑でもそうでなくても、喜んで中継しよう」彼はいった。

リッチはなにもいわず、ただ手すりの上のひじを使って体を前に押し出した。

「午後のいまごろのこの湾はきれいだな」しばらく時間をおいて彼はいった。

「ああ」ナイメクはいった。「水平線に沈んでいく夕日が大波に当たるとこんな感じになる」

「波頭のきらめきが無数の金粉をまき散らしたみたいだ」

「ああ」

リッチはナイメクに目をやった。

「このあたりをぶらぶらしているよ、ピート」彼はいった。「とりあえず」

ナイメクはうなずいた。こんどは小さくほほ笑むのは彼の番だった。

「おれから頼めるのはそれくらいだ」と、彼はいった。

結果から距離をおくことで裏切り者の罪悪感は救われる。たとえば、どんな犯罪や利害と関わっているかには目を向けない。こういう安易な距離のおきかたは、待ち受けている罠には絶好の餌になる。だれだって、ふだんの暮らしのなかでこういう言い訳を聞いたことはあるものだ。引っ越しの日に猫をおいていく隣の女——ヴァンが来たわ、行かなくちゃ、捨てていったあとこの動物がそんなに長いあいだ野良猫と化すなんて思えないじゃないの。会社で仕事が終わってから秘書と小さな過ちを犯した家庭のある男——妻は何不自由なく養っているし、先週は高価な金のブレスレットも買ってあげたし、子どもたちは退屈なパパにつきまとうよりコンピュータ・ゲームのほうが好きに決まっている。

どんな行為も大きな文脈から切り離してやれば、たいしたことではないと信じこむことができる。簡単なことだろう? いいから原因に目をつぶり、結果から目をそむけて、そのまま進んでいけ。

サンノゼにあるアップリンク本社のロジャー・ゴーディアンのオフィスにひとりでいたダン・パラーディは、自分が持っていくのは数本の毛にすぎないと自分にいい聞かせていた。

たんなる数本の毛だ。それのどこがそんなに罪なんだ?

白い綿の手袋を両手にはめてゴーディアンの机の開いた引き出しの前に立ち、整頓された仕切りのひとつにあった櫛からピンセットで一本抜き取った。ジップ・イットの証拠収集袋に注意深く落とし、さらに二本、櫛の歯から抜き取って、同じようにビニールの袋に落としこんだ。

このビルの重役室と会議室で週ごとにスパイ活動を電子チェックしている対諜報チームのリーダーであるパラーディには、こうしていても怪しまれたり疑われたりする心配はなかった。

きょうゴーディアンは、年に一度だけ青い海の上で行なわれる会議に出かけているから出くわすはずはない。なにより隠しカメラで観察されてないのはまちがいない。なぜなら、ゴーディアンから要求があった場合にそれを設置するのは、彼、つまりパラーディか彼の部下だからだ――そして今回その要求はなかった。そのうえパラーディは、彼の部署で〝大型麻薬犬〟と呼ばれている広範囲を網羅する隠しマイク探知器を部屋に持ちこんでいた。二〇〇〇万ドルをかけた代物で、閉じると標準サイズのブリーフケースよりいくぶん大きい程度だが、いまは床の上に開かれている。そのなかからマイクロコンピュータで制御する電波や音や赤外線や音響の相関走査機がのぞいていた。出力データは発光ダイオード（LED）の棒グラフかオプションのプリントアウト用紙に表示される。〝大型麻薬犬〟に収まっている最先端装置のなかには、ビデオカメラの水平発振器が送り出す一五・七五キロヘルツの波まで感知できる超長波（VLF）検知器もあった。そしてこのVLF検知器は発信音をたてておらず、点滅もしていなかった。つまり、そのたぐいのものはないということだ。

オフィスにひとりだけで、疑われる心配もなく——この世界でいう〝秘密探知〟を受ける心配もなく——パラーディは親指と人差し指で証拠袋に封をして、作業衣の外側に縫いつけられたポケットに落としこみ、両袖机の引き出しを押して閉めた。

作業を終えると、検知器のケーブルを〝大型麻薬犬〟の後ろのソケットにはめこんで、しかるべき注意を払いながらいつもの探知作業を進め、モップの形をしたアンテナをオフィスの壁から壁へ動かしていき、テープレコーダーやマイクをはじめとする活動中、静止中を問わず盗聴装置の信号がないか調べていった。不都合なものが見つかったらすぐにそれを無力化して、その発見を〈剣(ソード)〉の上層部に報告しただろう。

ダン・パラーディは、人間ならではの弱さがないわけではないが慎みも思いやりもある人間のつもりだった。このじゅうたんの上に高価な宝飾類を見つけたり、ダイヤをちりばめたカフスボタンやネクタイピンが落ちているのを見つけたなら、それがどれほど借金返済の助けになろうと雇い主の手に戻していただろう。

おれがいただいたのは髪の毛二、三本のことだ。

ブラジル以来、パラーディは裏切り行為を正当化するのがじょうずになっていた。

4

二〇〇一年十月三十一日　メキシコ、バハカリフォルニア

トンネルは幅一〇フィートほどで、ティファナとメヒカリのあいだにあるヤモヨモギの荒地の下をアメリカ合衆国に向かって二キロほど続いていた。南の入口には、農家の庭にある納屋の裏手の跳ね上げ戸からはいることができた。北口は、カリフォルニア州との境界からすぐの涸れ谷（アロヨ）の底の斜面にある小さな裂け目だった。古い言い伝えによれば、イエズス会が海賊やマニラのガリオン船との違法な取引で集めたといわれる潤沢な富の没収を嫉妬深いスペインの国王が命じたとき、なんとか人目につかない場所に隠そうと考えた会士たちによって掘られたものだという。二百三十年以上の時を経たいまも、ここは頻繁に密輸経路として使われていた。ただし、いまではこの秘密の地下通路を通るのはアメリカをめざす麻薬と違法な移民たちだ。メキシコには〝好機は泥棒をつくる〟という諺がある。

今夜、このトンネルの北口から三〇ヤードくらいのところに、余分な装備をいっさい除いた軽量の不整地走行車（ＡＴＶ）が二台と、埃まみれの古いシヴォレーのピッ

クアップトラック一台が、注意深く配置したマンザニータとシャミーソ（ともに植物の名前）の衝立で国境警備隊から隠されていた。トラックのフロントグラスは木端みじんになって、砕けたガラスがボンネットと車内に散らばっていた。なかにいるふたりの男は、どちらも座席で前かがみになって息絶えていた。座席の詰め物は血でずぶ濡れになり、ふたりの体を貫通したりかすめたりしていった一斉射撃の弾に食いちぎられてずたずたになっていた。ズボンが足首までずり下ろされ、大きく開いた口に切断された性器が詰めこまれていた。ATVのそれぞれの運転手も、トラックのふたりと同様、銃弾を浴びて性器を切断された同じ格好で運転席で事切れていた。

車両をかこんでいる低木の衝立の上方には、小さな峡谷の東西の壁に張り出した砂岩の岩棚の上に十人余りの男が配置されていた。彼らがティファナから乗ってきた四輪駆動車は離れたところに駐まっていた。照準器のトリチウム・ドットサイトと照明装置のランプ・アタッチメントをそなえたメンドーサのブルパップ・サブマシンガンを、彼らは携行していた。トンネルの出口にいちばん近い露出部の上に、やせ形だが強靭そうな体格をした浅黒い肌の若い男がいた。ととのった小さなあご髭をたくわえ、石炭色の髪を額からまっすぐ後ろに流している。三日月の薄暗い光が投げかける影のなかで、彼は斜面にぴったり体をつけていた。そばの岩棚には缶の形をした金属の物体があり、そのてっぺんには細い収納式のアンテナがついていた。ジーンズの片脚に武器を押しつけた男は、自分も観察されているとは思いもせずに、自分のいる高みからトンネルの出口にじっと目を凝らしていた。

涸れ谷（アロヨ）の西斜面のさらに高い場所で、ラスロップはわずかに口を開いて上唇をそらし、大きな板状の岩の後ろにしゃがみこんでいた。下の男たちに目を凝らしながら空気のにおいを嗅いでいるかのようなその姿勢は、猫のとるフレーメンという行動に奇妙に似ていた。このフレーメンは、尾骶骨と同じく人間では退化しているが猫には残っているヤコブソン器官という硬口蓋の小さい鋭敏な感受器官で空気を伝わってくる微量の分子を探知する行動だ。ヤコブソン器官には嗅覚と味覚の中間の働きがあり、しばしば第六感と解釈される能力を猫たちに与えている。

ラスロップは子どものころから猫が好きで、彼らのふるまいに魅力を感じ、いまも三匹飼っていた——彼自身のフレーメンに関しては本人はまったく意識しておらず、おそらく偶然の一致にすぎないのだろうが。

ラスロップは音をたてず、身動きせず、下の人びとの見張りに神経を集中していた。たったひとりで潜伏場所から目を凝らしていた。顔には擬装用のクリームが塗りつけられていた。軽量の黒い野戦服を着ており、腹帯につけた腰のホルスターには四〇口径のバレッタが収まっていた。そばの地面にはSIGザウエルSG2000狙撃ライフルがおいてある。これらの火器は用心のために携行しているにすぎなかった。どちらかを使う必要が出てきたら計画はだいなしになる。

ラスロップは小型DVDビデオ一体型カメラの接眼レンズをのぞきこみながら、写真モードにしてレンズの暗視スコープを微調節した。

終了するころにはよけいなデータがたくさんはいっているだろうが、大事なものを見逃す危険を冒すよりはいい。いずれにしても、重要でないデータは、ベルトにつけた財布大のコンピュータにデジタル画像を入力する段階ですべて削除される。

「さあ、フェリックス、気合いを入れてやろうじゃないか」ラスロップは小声でささやいた。

髭の男をクローズアップでしっかりとらえて、彼は〝録画〟ボタンを押した。

ギレルモはこの穴にはいるのが大嫌いだった。豚の飼料の積み上がった小屋にはいって、一段降りるごとにきしみをたてたり揺れ動いたりたわんだりする危険な木の階段に体をかがめるのが、嫌いでならなかった。日中は息苦しいくらい暑くなり夜にはひどい寒さになる小屋のなかが、嫌いでならなかった。頭上からのしかかってくるような圧迫感があり、背の高い者たちは歩くときに体をかがめなければならない低い屋根が大嫌いだった。木とコンクリートで大ざっぱなつっかいがしてあるが、いきなりくずれ落ちてきそうな気がするすぐそばの土壁が大嫌いだった。皮膚の上に押し寄せ真っ黒な汚泥のように息を詰まらせそうな気のする深い闇のなかで齧歯類(げっし)と虫たちが見せるすばやい動きが、たまらなく嫌いだった。だがひょっとしたら、ほかのなにより嫌いだったのは、長い換気ダクトから新鮮な空気をとりこむ湿地用冷房機があるにもかかわらず狭いトンネル内にしみついている、汗と汚れた衣服と排泄物の強烈な悪臭だったかもしれない。

たしかにこの穴にはいるのは大嫌いだったし、悪臭のただよう狭苦しい曲がりくねった道を通っていく一瞬一瞬がいやでならなかったが、この穴がなかったら絶対にこの仕事を十年も、十年以上も続けてはこられなかっただろう。その期間のほんの数分の一で、刑務所を出てくることができた。ほかに類を見ないくらい巧みに国境警備の目を逃れてこられたのは、この穴のおかげだった。増えつづける種々雑多な大量の品物(ブツ)が彼に回ってくるのは、この穴が与えてくれる競争上の優位のおかげだ。この半島に〈ティファナの東方三博士〉団が祝福と保護を与えている密入国案内人(コヨーテ)は何十人もいるが、この大きな真新しい積荷、つまり米国人(ノルテアメリカーノ)の卸売市場ではひと財産の値打ちがある上質のブラックタール・ヘロイン六キロを任せてもらえるのは自分だけだとギレルモは自負していた。今回の仕事はこれまでギレルモが彼らのために遂行してきたほかの仕事にくらべてもはるかに大きな危険をはらんだものだったが、ひとり頭一〇〇〇ドルという国境横断料に見合う人間をかき集める仕事よりは楽でもあった。雇用契約と輸送指揮を兼ねた仕事になることが彼には多かった。今夜の輸送隊は彼が関わる前から数がそろっていた。これを国境の向こうに案内するだけでルシオ・サラサールから支払いを受け取ることができる。

密入国案内人（コヨーテ）か。ギレルモは思いにふけった。これは人間と品物を運びこむ密輸人に貼られるレッテルで、うれしい含みばかりの言葉でないことを彼はちゃんと知っていた。仕事が速く、用心深く、物騒で、土地の地勢にくわしいこの生き物は、場所や手段を選ばずに食べられるだけの食べ物をあさる日和見主義者でもある。けっこうじゃないか、恥じる必要がどこにある？　ギレルモの生息環境は道徳家（モラリスト）を寛容に扱ってくれるわけではないし、正義を貫いて犠牲者になるより生き延びることのほうがずっと大切だった。

いま彼は暗闇のなかを懐中電灯で照らしながら、ソノマからヘロインを背負って運んできたインディヘナたちの先頭に立ってトンネルのなかを進んでいた。インディヘナたちはざっと数えたところ三十五人の村人で、みんなせいぜい二十歳そこそこ、大半は十代で、たぶん三分の一ほどは女の子だった。この若々しい運び屋たちの後ろにはサラサール兄弟のところの荒くれ（フォルサドーレ）が六人、ピストルを突きつけて続いていた。多少のプラスマイナスはあるかもしれないが、総勢なんと五十人だ。彼が前回率いた輸送隊をはるかに超える。優に二倍はいる。ちきしょう。これだけの数の足にこの壁が持ちこたえてくれればいいが、と彼は思った。

杞憂(きゆう)かもしれないが、移動中に落盤が生じる要因が増えたことでギレルモはふだん以上にぴりぴりしていた。あの子どもたちに狙いをつけているライフルのせいもあると、彼は思った。とりわけあのなかにいるかわいい十四、五歳の娘はギレルモに、天使のような愛娘を思い出させていた。年も同じくらい、髪の長さも同じくらいで、髪の毛の額へのかかりぐあいまで薄気味悪いくらいよく似ている……もちろん、この類似からよけいな責任を感じる気はなかったが。

政府はたびたび、サラサール一族は大砂漠(グラン・デシエルト)からマドレス山脈をさらに南へ行ったへんぴな村々を武装駐留地と奴隷労働の供給源に変えてきたと糾弾している。しかしその声明のなかに、〝占領〟を受ける前に住民たちが耐えてきた言語に絶する悲惨な状況や、サラサール一族がやってきて耐久性のある住居に取り替えてやるまで段ボールの残り物を張り合わせた風よけのなかで餓死しかけていた家族たちのことがまったく触れられていないのはなぜだ？　彼らの暮らしをよりよくするのは、どっちの選択肢だ？　ギレルモにはわからなかったし、偏りのない意見を形作れるだけの情報もなかったし、どのみち彼の知ったことではなかった。この輸送隊はおれのものじゃない。自分の仕事に専念して、この輸送隊をいわゆるルシオ駅まで案内するだけでいい。そして支払いを受けるのだ。

ギレルモは通路の曲がり目をすばやく回りこみ、調節可能な懐中電灯の焦点を広くした。すると土の床に無数の重なった足跡が見えた。新しいものもあれば、おそらく彼より何世代も古い、かすかなすり足の跡くらいのものもある。

そのあと、円錐形の光線が散らばった瓦礫の山をわずかにとらえ、ギレルモは位置標識のたぐいであることを思い出した。地下の行進は最終地点に近づいていた。あと五〇ヤードか六〇ヤード行くと、トンネルは登りになって涸れ谷（アロヨ）の西側の出口に向かう。そこでルシオの手下たちが輸送用の車両といっしょに彼を待ち受けている。彼らが荷を積み上げるあいだ、ギレルモは短い休憩をとり、そのあと村人と荒くれたち（フォルサドーレ）を連れてまた穴に戻り、帰りの旅に出る。体調万全の男でもへとへとになる重労働だ――ベルトの上にせり出している発達中の太鼓腹をひと目見れば、彼がとりたてて自己管理がうまい人間でないことは明らかだ。

さらに十五分ほど進みつづけると地面が登りになりはじめ、トンネル内のよどんだ空気に外から新鮮な空気が流れこんできた。そのあとすぐギレルモは、小峡谷に開いた岩肌の破れ目からぼんやりとした月光が射していることに気がついた。

疲れてはいたが、早くたどり着きたい気持ちを抑えきれず、彼はペースを上げた。

フェリックス・キーロスは辛抱強かった。はやる気持ちを抑え、トンネルの入口からギレルモの姿が見えたあとも息を殺してしばらく待ち、まぬけな悪党(カブロン)の後ろを運び屋たちの長い列が涸れ谷(アロヨ)へ一列縦隊で進んでくるまで待ち、サラサールのところの荒くれたち(フォルサドーレ)が何人か見えてくるのを待って——つまり、ヘロインの積荷はすべて運び出されたと確信できるまで待って——しかるのちに、そばの出っ張りの上においた無線起爆装置の送信機に手を伸ばした。

そしてアンテナをすばやく引き出し、最後まで伸びきったのを確認して、ぱちんと起爆スイッチを入れた。

フェリックスと手下たちがトンネルの最後の数ヤードに仕掛け、石と土をかぶせてきた大量のTNTかばん爆弾のコードに、トンネル内の受信機が電流を送った。

ほとんど同時に爆発が起こった。涸れ谷(アロヨ)に爆発音がとどろきわたり、岩盤を揺すぶられて、鉤爪(かぎづめ)と化した炎と煙がトンネルの入口からどっと飛び出してきた。火の玉のとがった端から岩屑がすさまじい勢いで隕石のように降りそそぎ、トンネルから最後に出てきた荒くれたち(フォルサドーレ)を打ちのめした。トンネルの側面からくずれ落ちてきた瓦礫がなだれを打って地面に激突した。

フェリックスはギレルモに銃の狙いをつけて発砲を開始した。すばやい一連射を浴びて、ギレルモは仰向けにどっと倒れこんだ。脚がひきつるように跳ね上がり、血のほとばしる胸を手が押さえていた。フェリックスはさらに何発かギレルモに浴びせ、ついに相手が動かなくなると小峡谷の底を掃射して砂と小石の小さな間欠泉を空中へ噴き上がらせ、手下たちがそれぞれの位置から同じことをしているあいだにも自分の武器を右へ左へ扇状に振り向けて撃ちつづけた。若い運び屋たちは苦痛と恐怖に金切り声をあげながら、立っていた場所で銃弾に切り裂かれ、背負った大きな荷物の下になったまま地面を這い、隠れることのできる場所にたどり着こうとむなしい努力をした。

いっぽう、まだ自分の足で立っていたひと握りの荒くれ(フォルサドーレ)は、愕然としながらも斜面の出っ張りに向かって武器の引き金をやみくもに引きはじめたが、待ち伏せ位置からはさみで切りこむように押し寄せてくる弾幕にとっては無防備な格好の標的だった。斜面の男たちは小峡谷の動きがすべて停止するまで銃火を浴びせつづけた。銃撃音が静まっていき、煙のたちこめる静寂のなかで、彼らは一度攻撃の手を止めた。そして弾を装塡しなおした。フェリックスの合図と同時にまたひとしきり銃弾の雨を降らせ、弾倉がからになるまで下で大の字になっている体に弾を撃ちこみ、ひとり残らず骸(むくろ)と化すよう確実を期した。

開始から十分たらずでこの殺戮劇は終了した。

フェリックスと手下たちがヘロインを回収しに小峡谷へ下りていく場面を撮るため

に、ラスロップはもうしばらく録画を続けた。彼らは手早く仕事をし、死んだ運び屋たちの荷物を束ねていたひもを折りたたみ式のナイフで切り、そのあと彼らの背中から荷物をはぎとって一カ所へうずたかく積み上げていった。この作業が続いているあいだにフェリックスの手下（オンブレ）の何人かが仲間から離れ、峡谷の北端へ大急ぎで移動していった。たぶん麻薬を運び去るのに使う車を取りにいくのだろう。

彼らが戻ってくるのを待ち、なんなら積みこみをしている彼らを撮っておこうかとラスロップは考えたが、すぐにその考えは放棄した。フェリックスの殺戮と強奪の場面はまちがいなく撮ったわけだし、必要なものは一から十まですべて撮った。無理をする必要はどこにもない。必要以上の獲物を手にしたい誘惑に駆られることがときどきある。彼は自分の弱点を知っていたし、その誘惑におちいらないよう用心する必要があった。彼のような立場にいる男は絶対にそれをしてはならない。

このあとギレルモや、彼といっしょにトンネルから出てきたほかの犠牲者たちに、あの世で合流したいというなら話は別だが。

ラスロップはビデオ一体型カメラから暗視スコープを慎重に外し、両方をケースにしまい、武器を肩から吊り下げてそっと暗闇のなかへ退却した。

5

二〇〇一年十一月二日　さまざまな場所

「ツケを払うようラングを説得できたのか？」ナイメクがそうたずねてパンチ・ミットを上げた。

「ロジャーみたいなことをいうようになったわね」バランスを失ったメガンの左のジャブは詰め物のはいった革をかろうじてとらえた。

「くそっ」と彼女はつぶやいて、ひとつ息を入れた。顔が汗で光っている。

「さあ来い、リズムをくずさないで」

「もう一時間近くも続けてるんだし、そろそろ終わりにしても――」

「いや、まだだ」

「ピート、わたしくたくたなの。けさはあまりよく寝てないし、まだこれからシャワーを浴びて仕事に――」

「カリーニングラードで武装した襲撃者を倒したときも、きみは疲れていたそうじゃないか。きみがこの練習を始めるずっと前の話だ」

「あのときは選択の余地がなかったのよ」

「いまもだ」といって、彼は右にサイドステップした。「大きく息を吸え。おれの動きについてこい！」

メガンは口を開けて息をひゅっと吸いこんだ。左の足を右足の前に保ちながらナイメクのほうへ体をひねって、また一撃を放った。こんどはさっきよりしっかり打てた。ミットの中央にある白い目標点に近づいた。

「よくなったぞ」彼はいった。「もう一発」

彼女は鋭くこぶしを繰り出し、点の端をとらえた。

「もう一度！　腕と前足を一直線に保つんだ！」

彼女の次のパンチは正確に白い点に命中した。

「いいぞ」ナイメクがいった。彼はすっと接近してメガンを押し、彼女のほおの横にミットをひらめかせた。「腕を上げてカバーしろ、急所を打ち抜かれるところだったぞ。ところで〝ロジャーみたい〟ってのはどういう意味だい？」

メガンは両腕を上げ、あごを鎖骨のところまで引いた。髪を後ろでポニーテールに束ね、頭に白いスウェットバンドをつけ、エヴァーラストのロゴが前にはいった白いタンクトップに、黒い自転車用のショートパンツ、アディダスのスニーカーといういでたちだった。

「ふたりとも、ボブがわたしたちに借りを感じていると決めてかかっているっていう意味よ」彼女はいった。

ボブか。ナイメクは胸のなかでつぶやいた。

「ちがうのか？」

「わたしが思うに、あの人は自分とわたしたちに貸し借りはないと思っているわ」

「どの点だ？　大統領の乗った原子力潜水艦が乗っ取られるところをうちが救ってやったことにたいしてか？　それとも、やっこさんの部下たちがまんまと出し抜かれたあと、うちがタイムズスクエアの爆弾テロの犯人を見つけたことにたいしてか？」

メガンは彼の質問には答えずに、ひざでリズムをとりながらエネルギーを蓄えた。

ふたりはサンノゼにあるナイメクの三層構造分譲マンションの、最上階にあるボクシング用リングにいた。フロア全体が広々とした娯楽兼トレーニング施設になっており、そのなかにはプロ用の設備をそなえたボクシング・ジムに加えて、武道の道場や、防音設備をほどこした射撃場、そして、フィラデルフィアの南で十四歳かそこらだったナイメクの若々しく素朴なほおの赤みをネオンのけばけばしいぎらつきで消していたビリヤード・ホールを、ビールに浸かったタバコの吸いさしの悪臭にいたるまで正確に再現したビリヤード場まであった。メガンはその当時の彼の暮らしについて意見したことは一度もなかったし、年若くして親子ハスラーの片割れをつとめていたころや、非行少年すれすれで、メガンの物差しでいえば親に搾取されていた子ども——賭博常習者たちが詰めこまれた賭博場でキュースティックを握るためにずっと学校を無断欠席させられていた状態を、ほかにどう表現しろというのだ？——だったころのことを含めた過去を、なぜ彼がこんな露骨な愛着をもって振り返るのか、理解できたためしもなかった。自分の育ちとまったくちがうせいかどうかはよくわからないが、たしかにニュージャージー州リッジウッドはフィラデルフィアのダウンタウンとは別世界だったかもしれない。グロトンの大学進学予備学校で古期英語（オールド・イングリッシュ）と中期英語（ミドル・イングリッシュ）の授業に出ていた当時、引き玉や押し玉に加えたり左右にきかせたりするひねり（イングリッシュ）などという用語を彼女は耳にしたことがなかった。

メガンはトレーニングに気持ちを集中して、こぶしをかるく何度も突き出しながらナイメクとの距離を測っていた。いっぽうナイメクはすり足で彼女の右へ移動しながら、彼女にしっかりとるよう教えてきた間合いを守っていた。

「ラングに話を戻すが」彼はいった。「必要な情報を手に入れるには、全国犯罪情報センター（NCIC）のデータベースを利用しなければならない」

「そして、うちに許可を出すには長官に伺いを立てたいというのが彼の意向よ」メガンはいった。「最高機密レベルの手前までなら話はべつだけど」

「手前までなら、か」彼はいった。

彼女はうなずいた。

「しかし、そこまでなんだな」

彼女はまたうなずいた。

「それでは役に立たん」彼はいった。「パトカーにコンピュータが搭載されていれば、平均的な制服警官でもそこそこ情報をとりこめる時代なんだからな。ラングには無制限にアクセスできるよう手をまわしてもらいたいんだ」

ナイメクは両方のミットを持ち上げた。メガンはワン・ツーのコンビネーション・ブローを放って、さらに左のストレートをフォローし、彼女の顔を狙ってきた強打を油断なくブロックした。

「少々ややこしくなるわ」彼女はいった。「彼にとっては国家の安全が最優先事項だから」

ナイメクは当惑の表情を浮かべた。

「あの男はうちを信用していないのか？」

「そういうんじゃないわ」

「だったら、どうややこしいんだ？」

「いまは説明したくないわ」

ナイメクの渋面がさらに渋くなった。

「まかせておいて、ピート。一両日中にまたDCに飛ぶつもりよ。ボブがなんていってくるか、まずは確かめましょう」

ナイメクは一瞬、彼女の顔を見た。

またボブだ、と彼は思った。

それから彼は小さく肩をすくめて方向を変え、アッパーカットを受けるために右手のミットを下げた。メガンはパンチを放ったが斜め横からしか当たらなかった。

「いまのは加減したな。もう一度！」

メガンが体のひねりをきかせてなめらかに腕を運ぶと、こぶしはパーンと革を強打し、満足のゆく手ごたえを感じた。

「ようし、いまのは完璧だ。すこし体をほぐせ」とナイメクはいい、両足をそろえて動きを止めた。「いいか、よく聞け、こいつは大事なことだ」彼はミットで自分の胸郭のまんなかを軽くたたいた。「男が向かってきたら、ここを打て。強く、きれいにだ、そうしたら横隔膜が縮む。相手が大きくても関係ない。それに相手は女からそんな攻撃が来るとは思っていない。戦いかたを知らない連中はだいたい同じようなまちがいをやらかす。なかなか打てない鼻やあごを狙ったり、筋肉やら脂肪やら衝撃を遮断するものがほかのどこより多い腹を狙ったりする」彼はもう片方のミットを首の横の、耳の真下の位置へ上げた。「ボディの上部にすきがなくてパンチが届くと思ったら、ここをたたくといい。ここも急所だ。わかったか?」

「胸か、首ね」大きく息を吸いこみながらメガンはとぎれとぎれにいった。そしてグラブで目から汗のしずくを払った。「もう十回以上も同じことをいわれたわ」

「くりかえしいい聞かせたせいで教え子が損をしたことは、一度もない」ナイメクは胸郭の前でミットをくねらせた。「すばやくだ、打ちこんでこい——」

「ピート——」

「それできょうは終わりにしよう」

メガンは打ちこんだ。

十分後、ふたりはロープの外に出ていた。肩にタオルを掛け、汗のしみがついたTシャツが体にぺったり張りついていた。ナイメクは用具入れに行って的のついたミットを外し、メガンがグラブを外すのを手伝った。

「仕事のことでもうひとつ話しあわなくちゃならない」といって、彼はグラブをロッカーのフックに掛けた。

「それは?」

「緊急配備部隊(RDT)を設立するというリッチのひらめきだ」彼はいった。「あの提案をじっくり検討してきた結果、いまおれはやるべきだと思っている」

メガンは立ったまま手からバンデージを巻き取っていた。彼女の後ろの壁の前にあるベンチの上に口の開いたジムのバッグがあった。

「わたしも同意見よ」彼女はいった。「ただし条件つきだけど」

「条件というと……？」

「試験段階として、たえず見直しをすること。それと役員全員の賛成が欲しいわ。つまり、ゴードと、ロリーからも」彼女はナイメクを見た。「びっくりしているみたいね、ピート」

ナイメクは肩をすくめた。

「あの提案があったとき、きみはあまり乗り気には見えなかったからな」彼はいった。

「もっと抵抗を受けるものと思ってた」

メガンはどう返したものか考えた。リネンのバンデージを外しおえ、きれいに巻き取ってからベンチのほうを向いてバッグのなかにしまいこんだ。

「リッチの適性にはなんの疑問もないわ」彼女はナイメクを振り返って、ようやくそういった。「争いを好むいつもの単独飛行ぶりがいただけないだけでね。それと、ときどきわたしは、その争いを避けるために彼のいないところにいる必要があるわ」

ナイメクはロッカーの開いた扉に手をおいたまま小さく肩をすくめた。

「まあ、ひとつの解決法かもしれん」

「どう思われてもかまわないけど」彼女はいった。「そうすることで大局を見失わずにいるつもりよ」

ナイメクはメガンにちらりといぶかるような目を向けた。

「この春、ブラジルでわたしたちを襲撃したのがだれであれ、彼らはうちの人間をたくさん殺したし、もっとずっと大きな被害を引き起こすことが……地球上のあらゆる国を恐喝することができたはずよ……彼らの計画をうちが阻止していなかったら」メガンはいった。「わたしがこの敵の立場なら、すさまじい恨みをいだいているでしょうね。そしてその恨みが動きを起こしたとき、それにたいする備えができていなかったらと思うと心配でしかたがないのよ、ピート」

ナイメクはしばらく彼女の顔に目をそそぎつづけ、それからロッカーの扉を押しやった。鈍い金属的な音をたてて扉が閉まった。

「それはきみだけじゃない」と、彼はいった。

数カ月前、彼はファン・デ・ビリャヌエバの建てたマドリードのプラド美術館に行って、大ブリューゲルの「死の勝利」という絵を見たが、どれだけの時間その絵の前に立っていたか、いまもってよくわからない。まるで自分のまわりで時間が止まってしまったようだった。自分のいちばん内側の深いところにある理想像がギャラリーの壁の上に投影されたかのようだった。

どこに目を向ければいいのかわからなかった。火の池があちこちにでき、真っ黒な火山の煙が雲となって噴き出している、ぎらぎらしたオレンジ色の風景か？　それとも、骸骨たちの殲滅部隊に包囲された中世の村か？　骸骨たちは戦いの旗を頭上に掲げ、ただひとつの目的を果たさんと冷酷かつ執拗な情熱をからっぽの眼窩にあらわにしていた。広刃の刀で生ける者たちを切り刻んでいた。槍の先で彼らを突き刺していた。ひとりのやせこけた掠奪者がひざをついて、へたばった犠牲者の上にかがみこみ、握った刃物を喉に当ててとどめを刺そうとしていた。

前景の右側では、ねじれた死骸の山の上に倒れた農民の女が両腕を上げてむなしく慈悲を請い、骨だけの兵士が勝ち誇ったように女の体を足で踏みつけ、容赦なく戦闘用の斧を振り下ろしていた。どこに目を向けたらいい？　途方もない殺戮場面のどこに向けたらいい？　白い死衣にくるまった骸骨の乗組員を乗せて、虐げられた死体と血でできたぬかるみの上に押し寄せてくる死の船か？　ずたずたになった木の一本の枝からぐんにゃりと垂れ下がっている町の男か？　倒れた母親に抱きかかえられた子どものにおいをひもじそうにくんくん嗅いでいる、やせ衰えて骨と皮だけになった犬か？　やせこけた襲撃者の群れが周囲に押し寄せてくると同時にほうほうの体で夕食の食卓から逃げていく、これ見よがしの美装に身を包んだ道楽者たちか？

いったいどこに目を向ければいい？

驚くべき絵だった。その圧倒的な地獄美にすっかり心を奪われたジークフリート・カールは、数世紀の時を超えて手を伸ばしてきた作者に心の奥底をたたかれ、霊感を吹きこまれたような気分だった。自分と絵が臍の緒で結ばれているような感覚に圧倒されていた。この絵にエネルギーを吸い取られ、同時にこの絵のエネルギーを注入されたような気がした。

あの忘れられない体験の瞬間まで、カールは一度も美術作品に心を動かされたことはなかった。あの美術館に出かけたのも、興味が湧くかもしれないとハーラン・ディヴェインにいわれ好奇心に駆られたからにすぎなかった。半年前のことだ。カザフスタンで大失敗をやらかしたあとだ。あの打ち上げ基地の施設で格闘した〈剣〉の隊員から逃れることができたのは、たまたま相手の注意がそれたからにすぎなかった。

あの男の容貌はこまかなところまで彼の頭に鮮明に刻みこまれていた。男の鋭く突き出た頬骨を、口の形を思い浮かべるたびに、絶え間ない復讐の欲望がはらわたを冷たくすべり抜けた。あれから半年が過ぎたいま、あそこから大陸ひとつをへだてたカナダのケベック市で、彼は「戦場公園」の向かいにある〈ラ・ピストゥ〉というビヤレストランの窓際の席にすわって、その感触を思い出していた。公園とつながった入口を見つめながら美しい使者が到着するのを待っていた。

宇宙基地での失敗は大きな災難だった。追っ手をまくために地下へ潜伏した彼はカラーコンタクトレンズを手に入れ、髪を黒く染め、唇にコラーゲン注射をほどこし、短い髭まで生やして外見を変えていた。しかるのちに世界各地を転々として、しばらくスペインに滞在した。自分があそこに行ったのはたんなる偶然ではないと、彼は知っていた。

黒死病が、つまり、どんな人間にも、どんな権威にも、どんな文明化された集団にも分けへだてなく破滅をもたらす疫病が大陸じゅうに猛威を振るい、自分たちの悲惨なありさまの責任を天国と地獄のどちらに問えばいいのか、だれにもわからなかった時代の陰鬱な空気を反映しているブリューゲルの傑作をカールが見たらどうなるか、ディヴェインは察していたのだ。

天国にも地獄にも自分の心を支配させない不屈の意志をもつ男なら、そんな激動のなかでどんな力をつかむことができただろう？　激しい戦闘のなかでもカールは取り乱さない。混沌のなかでも無傷のままだ。混乱の叫びが飛び交う嵐のなかでも決して揺るがない。そして彼は、満足できる強さに到達していた。

そう、ディヴェインは察していたのだ。いま振り返ってみれば、彼の言葉は洞察力にみちたものであると同時にひとつの啓示でもあった——それもおそらく意図してのことだ。他人にもつれを解かせるために謎めいた回りくどい道筋を用意するとは、こ憎らしいことをする、とカールは思った。

いずれにしても、あの時点でディヴェインの〝潜伏体(スリーパー)〟計画は着実に進展を遂げていたにちがいない。カールは科学者ではないが、オンタリオ州の施設で生み出されているたぐいの病原体をつくり出すには何年もかかったはずだ、と判断できるくらいの遺伝子工学に関する基本的な知識はあった。組み換えDNA技術と生物学的原料の獲得は困難と経費を要する仕事だっただろう。世界じゅうからその分野最高の専門家を探してくる作業も同様だ。またそうした準備段階の困難も、そのあとの発展段階に出現する困難の前では色褪せてしまったことだろう。

ウイルスの遺伝子を操作するさいには、多岐にわたる複雑な問題が待ち構えている。そのうえ感染を引き起こすために、青い目、左利き、子孫に遺伝するタイプの糖尿病、民族的人種的特徴などなど、無限の選択肢のある特定の遺伝的特徴に照準を合わせる必要があるとなれば、作業はますますもって困難になる。それでもなお、先進国の民間の研究所や政府の研究機関は、どちらもこうした微生物をつくり出すのに必要な技術に焦点を合わせて広範な実験を行なってきた。

そしてディヴェインは何歩か先を行っていた。〝潜伏体(スリーパー)〟の特徴は、標的に受け継がれている無数の遺伝特性に指令を受けしだい反応することと、ひとつないしひと組の化学的な引き金によって活性化されるまで体内に潜伏している点にあった。したがって、どの引き金を選ぶかによって、特定の個人から全住民までさまざまな範囲の標的に症状をもたらすことができた。

要するにディヴェインはミクロの時限爆弾の製造を監督し、成功に導いたわけだ。ある宿主には害を与えず、別の宿主のなかにはとんでもない有害物を孵(かえ)すよう特注できるウイルス爆弾だ。暗殺者の銃弾と同じくらい確実に死をもたらせるし、ペストと同じくらい破壊の範囲を広げることもできる。

これぞまさしく究極の生物兵器だ。カールは心のなかでつぶやいた。

窓の外に目をやると公園から女が現われた。彼の白く美しい使者は例によって時間どおりにこのビヤレストランへ〝大並木道〟を横切ってきた。ブロンドの髪を風になびかせ、きびしい寒さに負けないよう、ひざまである黒いコートの襟を首に立てていた。冬は暦より一カ月先に早々とこの地域に侵入し、城塞(シタデル)の西になだらかに起伏しているがらんとした野原とまばらな木々の上をおおっている暗い灰色の空から、雪がうなりをあげて吹きつけていた。

カールはこれを喜んでいた。セントローレンス川上流の断崖に縁取られたこの公園の細長い敷地で、かつてフランスとイギリスの軍隊がこの地域を支配するために最後の激戦を戦った。しかし暖かい季節になると、将軍たちの血の撒き散らされた土壌を花が飾り立て、整備された庭園の息苦しいくらい単調な景色のなかへ散歩に出てきた人びとはその芳香を嗅ぎつける。

その一面の花が風で散り散りになったいま、荒涼とした自然の輪郭があらわになって、カールの無慈悲な心の砦に存在するなにかに呼びかけてきた。

女は外の歩道から彼の姿を見つけ、窓をへだててふたりの目が合うと彼女の口元にかすかな笑みが浮かんだ。彼女はレストランにはいると、入口で近づいてきた几帳面なボーイ長の先を歩きながら連れの姿はすでに見つかった旨を身ぶりで伝え、カールの席へまっすぐ大股に進んできた。カールは立ち上がって彼女を迎え、彼女がコートを脱ぐのに手を貸しながら耳の下のやわらかな白い肌に唇を押しつけた。彼女はカールの手の甲に指先で軽く触れ、カールは彼女の首へのキスをほんのすこし長引かせてから、振り向いてボーイ長にコートを手渡した。

ふたりは席に腰かけた。カールはミネラルウォーターを飲んでいた。彼はぱっと手を振ってウェイターを呼んだ。彼女はワインを注文した。アメリカ産のピノノワールだ。彼女がテイスティングをして問題なしとうなずくあいだ、ウェイターはテーブルのそばにいたが、カールの目のもどかしそうな表情に気づいて足早に立ち去り、ふたりだけにした。

「楽しい旅だったか?」彼はたずねた。

「ええ」

「宿泊先は?」彼はいった。

「申し分ないわ」彼女の英語には世界のさまざまな土地で暮らしてきた者特有のかすかな、漠然とした訛りがあった。「会いたかった」

カールは無言でうなずいた。

「今夜、ホテルに来てくれる？」彼女がたずねた。そして手に持ったワイングラスをくるりと回した。

カールはテーブルの上にわずかに身をのりだした。

「それに勝るものはないだろうが」彼はいった。「おれたちには別の指令が出ている」

「ほんのしばらくでも先延ばしにできないの？」

「おれは日没前にケベックを発つ。そしておまえのアメリカ行きの便は、明日の早朝になっている」

「最近はいくらでも便があるわ」彼女はためらいがちにいった。「わたしは疲れているし」

カールは彼女の目を見た。この女はのみこみが早く、カールは自分の女のだれより気に入っていた。彼女の体を探検し、そのなかに分け入るのは、ひと続きの掛け金を外していくのに似ていた。飽くことを知らない彼女の情熱の鍵をひとつひとつ、彼女が隅から隅まで完全に彼のものになるまですこしずつ開いていく。あれだけの欲望の芯に到達し、あの龍巻のような激しさを制御できるようになるには卓越した力が必要だ。そして力は心を引きつけるのが世の常だ。

「また会える。すぐに」彼はいった。「しかし……」

「指令ね」彼女は黙りこんでグラスに視線を落とした。そして数秒後、また目を上げて彼を見た。「わかったわ」

カールはうなずいてスポーツコートの内ポケットに手を伸ばし、ブレスレットでもはいっていそうなつややかな黒いギフトボックスを、同じ色をした小さなカード用の封筒といっしょにとりだした。そしてその両方をテーブルの向かいの彼女にさしだした。

「珍しいものを持ってきた」彼はいった。「めったにお目にかかれないものだ」たまたまテーブルの近くにだれかがいたら、彼女がそれを受け取って、ふたりの指がしばらくふれあい、彼女がほほ笑むところが見えたことだろう。

「ありがとう」彼女はいった。

カールはさらに顔を近づけ、ささやき声くらいにまで声を落とした。

「サンディエゴでエンリケ・キーロスという男に会ってもらう」唇をほとんど動かさずに彼は告げた。「あとのことはカードに書きつけたメモに説明してある」

彼女は理解してうなずき、箱と封筒を注意深くハンドバッグにしまった。

「部屋に帰って、かならず読むわ」彼女はまたカールの目をのぞきこんだ。彼女の目は輝いていた。口元に浮かべたほほ笑みはもう、暇な見物人のためにこしらえたものではなかった。「あなたといっしょならいいのに」

カールは自分のなかの動揺を認めた。

「すぐにそうなる」彼はいった。

「連絡してね、その――」

「この仕事が終わったらな。約束する。よかったら、いっしょにマドリードに行こう」といって、カールは間をおいた。「おれには特別な場所なんだ」

「マドリード」と彼女はいい、またワイングラスを持ち上げてその縁を下唇に当て、一瞬そこにとどめてからひと口飲んだ。「いいわ。すてきよ。どちらにとっても特別な旅になるといいわね」

カールは彼女を見つめてうなずいた。

「きっとなる」彼はいった。

「いつから知ってたんだ?」ルシオ・サラサールは羊毛におおわれた赤ワイン色のソファの肘掛けに右手の指を落ち着け、ラスロップがよこしたデジタル写真の最後の一枚を左手に持ったまままたずねた。残りの赤外線写真は彼の前のコーヒーテーブルにあった。

「どういう意味だ?」ラスロップはサラサールの質問に質問で答えた。もちろん質問の意味はわかっていた。この野郎もおれになにか問いただせると思うとは、いい度胸だ。笑わせやがる。「きのうの晩、あんたの荷物が奪われたから、きょうおれはここにいるんだ」

サラサールは相手の顔を見た。サラサールは五十代後半の大柄な男だ。クリーム色のトロピカル・スーツと薄い青色の開襟シャツを着て、黄褐色をしたグッチのローファーをはいている。ダイヤをちりばめた大きな金のバンドのついたロレックスの時計を右手にはめており、左手の小指にダイヤのリング、右の耳たぶにダイヤの耳飾りをつけていた。太い首にかけた鎖から聖人かなにかの彫像がぶら下がっていた。

「このホモ野郎どもがおれにちょっかいを出してくるのを、いつ知ったのかと訊いたんだ」彼はいった。「もっと早く知っていたら、おれも手を打てた」

ラスロップは沈着冷静で淡々とした表情だった。

「街の情報屋からいいかげんな情報をつかまされると、結局むだ足に終わりかねない」彼は前に身をのりだして、コーヒーテーブルの上のスナップ写真の一枚を指で軽くたたいた。そこには、残骸と化して煙を上げているトンネルの入口の外で虐殺されたインディへナの運び屋たちの背中からフェリックス・キーロスとその手下たちがナップザックを切り離している場面が写っていた。「おれは情報を手に入れ、確かめてからそれを持ってあんたのところに来る。質がいいってわけだ、ルシオ。おれが提供するのはそういう情報だ」

「ドルと交換する値打ちがあるというわけか？」

ラスロップがにやりとした。

「信用しろ」彼はいった。

サラサールはまた黙りこんだ。後ろの海辺を見下ろすガラスの壁から射しこんでくる太陽の光を受けて、金（きん）と宝石がきらめいた。最近のデルマーでは海の見える一軒家ともなれば最低でも六、七〇万ドルはするし、最低の物件というのは猫の額くらいの土地で、海をちらりと見るにも双眼鏡を持って屋根に爪先立ちにならなければならないような場所のことだ。このサラサールの悪徳の城塞のような家となると——見晴らしのために断崖の上に建てられ、彼の誇りである平気で人を殺す泥棒と追いはぎとポン引きの家系を生み出したメキシコのちんけな村の全住民が住めるくらい広々としている、ここみたいな家となると——三〇〇万ドルはくだるまい。

二十秒くらいすると、サラサールはテーブルの上に身をのりだして、写真のなかの別の一枚をじっと見つめた。考えこむように眉根を寄せ、密入国案内人（コヨーテ）のギレルモの死体とわかるとゆっくり左右に頭を振った。

「エル・ムエルト・ナザ・セ・イェバ・イ・トド・セ・アカバ」彼は小声でいった。

死者はなにも運んでこず、すべておしまいになる、と。

彼はさっとラスロップに目を戻した。「フェリックスがてめえの裁量で愚かなことをしていたのか、上の人間から押しつけられてあの愚かな行動に出たのか、あんたは知っているのか？」彼はたずねた。

「フェリックスが？　おいおい」といいながら、ラスロップは嘘をまぜこむ準備にかかった。「あいつが自分の裁量で若い者たちに車のコンピュータを盗み出させたり、酒場の所有者から金をゆすったり、はした金をどうこうすることはあるかもしれない。一キロの薬（ヤク）を届ける前にうまく余分の切りこみを入れて何オンスかかすめ取ることさえやるかもしれない。しかしあいつの大きな従兄弟たちは、ちんぴらじゃないいっぱしの売人気分にさせてやろうと革ひもの長さの範囲であいつを走らせてやってるだけで、フェリックスだって煉瓦の壁に体当たりしたらどんな怪我をするかわからないほどの脳たりんじゃない。このトンネルで起こったみたいなことを――上の許しもなしにあんなことをしてかそうなんて、あいつのみじめな一生のうちで一度だってあるわけがない」

ラスロップが見守るうちに、ルシオの額の思案のしわが深くなった。はらわたが煮えくり返っているのだ。無理もない。父親が一族郎党を率いていた時代から昔ながらの南米の栽培業者と加工処理業者との結びつきが強かったサラサールの組織は、一九五〇年代に盗難車を持ちこんだのを皮切りに、半世紀以上にわたってメキシコとの国境から違法な品物を密輸してきた。このカリフォルニア州には多種多様な麻薬を売りさばく大きな組織が太平洋岸にある。コカイン、アヘン、マリファナ、メタンフェタミン、なんでもござれでチューラ・ビスタからロサンジェルスやサンフランシスコへ運びこんでくる。

ソノラの北からテキサス州南部やニューメキシコ州のさまざまな地区に続く内陸輸送経路をもつキーロス一族は、ピラミッドのかなり下のほうにいて、つい最近まではサラサール帝国に挑むようなまねは絶対にせず、比較的小さなコカイン市場の分け前にしがみついていた。麻薬の商売では新顔だ。ところが一年かそこら前に悪霊(エル・ティオ)の組織網と手を結んで以来――あの当時、自分がまだエル・パソの特殊野戦師団にいたことがラスロップには信じられなかった。まったくなんという状況の変化だろう！――キーロス一族にはサラサールの領土に食いこもうともくろんでいる形跡がいくつもあった。いまルシオの心を深く悩ませているのは、そのあつかましさだった。大量のアヘンを奪っただけでなく、意図的にルシオの誇りを傷つけ、あの涸れ谷(アロヨ)で彼の運び屋たちを殺害し、彼の運転手たちを殺し、口いっぱいに彼らの性器を詰めこんでいったのだ。

あんなふうに平然とルシオ・サラサールのような人間を愚弄するのは、つまり、自分たちには大きな後ろ盾があるというこれ見よがしのメッセージだ。

サラサールは怒りと当惑をあらわに、なおも頭を振っていた。

「こんなことが許せるか」彼はいった。

この男がこの世界にとどまるつもりなら、まったくそのとおりだとラスロップは思った。

「思い知らせてやらんとな」サラサールはいった。

これはつまり本格的な報復に出るということだ、とラスロップは思った。

サラサールはラスロップを見た。

「おれの荷物がいつやってくるかをキーロスどもがどうやって知ったのか、やつらがどんな計略をたくらんでいるのか、ほかにわかったことがあったら、大当たり（ジャックポット）並みの支払いを約束しよう」と、サラサールはいった。

ラスロップは笑みが浮かばないよう努力をしながらうなずいた。サラサールのような男たちはテレビと映画からセリフを盗んでくるのか、それともその逆なのかと思いめぐらすことがたびたびあった。それともあれは、奇妙な終わりのない環のたぐいなのだろうか？ 現実がフィクションをまね、フィクションが現実をまねるのだろうか？

「なにがわかるか調べてみよう」彼はそう告げて、自分の演技に大きな満足をおぼえながら立ち上がった……そして同じくらい強く、これは自分の望みどおりの結果につながるだろうと確信していた。

次の停留所はエンリケ・キーロスだ。

「わたしはリッチの考えに賛成のほうに傾いている」ゴーディアンが彼の机の向こうからナイメクにいった。

ゴーディアンは自分の前にあるロールスティック・タイプのウェハースの容器に手を伸ばし、それを開けてそっと一本をとりだし、ウェハースに挟まれたヘイゼルナッツ・プラリーヌの風味がつくようそれをコーヒーに入れてかきまぜた。この新しい朝の儀式は、最近妻から発せられた食餌療法に関する指令にしたがってのことだった。〝汝、ヘイゼルナッツ・コーヒーを飲むなかれ〟という指令だ。アシュリーが彼のお気に入りのブレンドを禁止したのは、最近の定期検査で体重が五ポンド増え、コレステロール値がわずかに上がったのは、ヘイゼルナッツに隠れているカロリーと脂肪油が原因であるという仮説にもとづく措置だった。

というわけで、これまで一年間、一日三杯から五杯飲んでいたフレーバー・コーヒーは配偶者の命令により消えてなくなった。かわりに彼女の買物リストにはクリーム入りのウェハースが出現し、禁煙努力をしている愛煙家にとってのニコチンにあたるへイゼルナッツへの渇望を満たすため、一日二回これをコーヒーに浸し、かきまぜ、平らげることを、彼は許された。

しかし広く認められているように、この甘いスティックはそれなりに、中毒になるとはいわないまでも美味だった。

「わたしの第一の条件は、緊急配備部隊（RDT）の活動に脅威を感じかねない受け入れ国に部隊を配置するさいの微妙な問題に関してだ」彼はそういってウェハースをコーヒーに浸した。「また、それ以上にやりにくいのは、部隊の存在が歓迎されないのがあらかじめわかっている敵意をもった国に彼らを投入する場合だ」

ゴーディアンの大きな机の反対側から本日ふたつめの〝イエス〟を――これまた条件つきではあったが――思いのほかあっけなく手に入れたことへの喜びを、ナイメクは顔に出さないよう努力していた。

「その点をトムに伝え、それにどう取り組むか、きちんと文書で案を提出させましょう」

ゴーディアンはコーヒーからウェハースのスティックを抜いて、ひとかじりした。

「そうなれば、分別あるスタートを切れるだろう」といって、彼はウェハースを嚙み砕きながら満足の表情を浮かべた。

状況が悪くならないうちに出ていこうと、ナイメクは椅子から立ち上がりかけた。

ゴーディアンが片手を上げて制した。

「その前に、最後にもうひとつ」と、彼はいった。

ナイメクは浮かした尻を戻して話を待った。

「ロリー・ティボドーにこの計画を受け入れてもらえなければ、この話を先に進めることはできないというメガンの意見だが、少なくとも理屈のうえでは賛成だ」

ナイメクは一瞬考えこみ、それからうなずいた。

「彼に話をしてくれるよう、彼女に頼みます」ナイメクはいった。

「だめだ」ゴーディアンはいった。

ナイメクは彼を見た。

「だめ？」

ゴーディアンは首を横に振った。

「きみがやるんだ」彼はいった。

ナイメクはゴーディアンから目を離さなかった。

「ロリーの扱いは、わたしより彼女のほうがうまいし、ふたりは古くからのつきあいだ」彼はいった。「馬も合う」

「だからこそだ、きみと彼が話し合わなければならないのは」ゴーディアンはいった。

彼はコーヒーをぐいとひと飲みして、ウェハースをマドラーのようにカップに戻した。

「先週ヨットの上で見た険悪な空気をわたしは心配している。あの状況が続いたらうちの組織は別々の陣営に分かれてしまい、一度そうなったら機能的なひとつのチームではなくなってしまう。そこを考えてくれ、ピート。そういう事態は阻止しなければならない」

ナイメクはほおをふくらませて、ゆっくり息を吐き出した。

「興味深い話になるにちがいない」彼はいった。

ゴーディアンはほほ笑んだ。

「そうだろうな」といって、彼はウェハースの残りをむしゃむしゃ食べた。

6

二〇〇一年十一月四日　カリフォルニア州サンノゼ／サンディエゴ

毎日、二十四時間、同じことのくりかえしだ。積み上がってくる書類の山を片づけようと仕事をする。最初にどの判断を下す必要があって、どれをあと回しにできるかを判断しようとする。完成を待つ会計報告と活動計画が彼の注意を引こうと机のあちこちから無言の叫びをあげている。部隊への応募、人員評価、設備要求の書類が、くずれかけた高層ビルから逃げ出そうとする居住者たちのように未決書類用トレーからこぼれ落ちかけている。隣の既決書類用トレーだけはすっきりしているが、もちろんあまり励みにはならない。トレーは悲しげに放置され、なにかを投げ入れてもらえるのを待っているようだった。

全世界監督官のポストに昇進してから六カ月が経つが、ロリー・ティボドーは〈剣(ソード)〉のような大組織が絶え間なく要求してくる監督や管理の仕事とそれを遂行する自分の能力とのあいだのどこでバランスをとればいいのか、まだ手探りをしている状態だった。

メガン・ブリーンから打診を受けたとき、この仕事にどんな責任がともなうかを知らなかったわけではないし、それがアップリンクのブラジル製造工場の敷地内で夜間保安部隊を率いていたころより長い時間オフィスの椅子にすわって過ごさなければならなくなることをわかっていなかったわけでもない。ただ……

陰気なしかめつらがティボドーの顔にしわを刻んだ。

すわってばかりいるとズボンが破ける、と彼は胸のなかでつぶやいた。これはルイジアナ州の静かな入り江にはるかな昔から伝わる諺だ。家まわりの雑用を怠けているのを母親に見つかって何度となく追いかけまわされたときのことが思い出された。すわってばかりいるとズボンが破ける。すわってまじめに仕事をしていても同じくらい早くズボンの尻はすり切れる。しかし、最近いちばん働いている体の部分は尻かもしれない。ブラジルで鉛玉に穴を開けられずにすんだ数少ない場所でもあった。

だれかから仕事ぶりに不満を洩らされたわけではない。それどころかゴーディアンもナイメクもメガンも、みんなが彼の手腕を高く評価しているようだ。いま感じている不満はすべて自分の内側から湧き出てきたものだった。

「なにをいいてえんだ、おい？」彼は声に出して自問した。「いったいなにがいいてえんだ、ええ？」

肩をすくめて胸ポケットに手を伸ばし——ビジネススーツが一般的なサンノゼの高

層オフィスビルで、彼は〈剣(ソード)〉の保安隊員が着るインディゴブルーの制服の上着を好んで着てしばしば人目を引いていた——ツー・フィンガーの革の葉巻入れからつややかなモンテクリストの二番を抜き出した。クヤバからすこしだけ持ってきたトルピードの、残り少ない一本だ。なかなか見つからない上物で、今夜、この地のお気に入りの酒場で一杯やりながら楽しむつもりだった。しかし気持ちの高ぶりがやってきそうな気がした。まちがいない。ときには抑えられないこともある。

彼は〈剣(ソード)〉のなかでも最高レベルの地位に、というか、とりわけ彼のために創設された役職に任命された。昇進にともなって収入も、手が届くとは考えたこともなかったレベルへ押し上げられた。なのに達成感や充足感がまったく抜け落ちていた。自分がこの役目にふさわしいという自信が痛いくらいに欠落していた。これでは仮面をかぶっているようなものではないか？

自分が尊敬し気に入っている人びとからどれだけの信頼を寄せられているか、自分の肩にどれだけのことがかかっているかを知っているだけに、ティボドーはこんなふうに感じている自分を恥じていた。

そのうえあのトム・リッチだ。いままであんなに腹立たしくうぬぼれの強いやつには出会ったことがない。あいつがいつも火をつけてくる。ティボドーはリッチとこの仕事を分担するのがいやでならなかったし、それに輪をかけて、あの男のせいでいま立たされている状況が腹立たしかった。あの計画が提案されたときティボドーは激しく反対したし、いまも誤りだと主張している。なのに意思決定に関わるほかのみんなは試す値打ちがあると確信していた。そしていま彼は、その計画を拒絶するか受け入れるかの選択を迫られていた。

「まだ試験段階の話だ」受け入れを説いてきたピート・ナイメクは但し書きをつけてきた。「たえず見直しをする」

ティボドーの懸念を取り払おうという努力はくりかえしなされていたものの、ナイメクの話に耳を傾けるうちに徐々に追いつめられてきた感じがした。ひとつの悪手でゲームがぶち壊しになることもあるんだぞ、と彼は心のなかでつぶやいた。

スイスアーミー・ナイフで葉巻の端を切り取った。ブラジル時代の部下たちからお別れに贈られた高価な両刃のギロチン・カッターは使わなかった。それは机の引き出しの奥の隅にしまいこまれている。あの贈り物にこめられた気持ちには大いに感謝していたが、彼の好みには意匠を凝らしすぎの一品でもあった。

ティボドーはマッチを擦って、火がしっかりまわるまで葉巻の先端を注意深く炎の端に固定した。それから葉巻を口へ運んで煙をふかした。

ほんの数分前までナイメクがすわっていた机の向こうのだれもいない椅子を見て、ティボドーはまたナイメクの柔軟な投球法を思い出した。

「全員一致でなければ却下する」ゴーディアンとほかのみんなは緊急配備部隊（RDT）部門設立に賛成を表明したという知らせをまず最初に伝えたあと、ナイメクはいった。「これだけ重要な判断だ、きみの支持がなければ進められない」

ティボドーの返事はそっけなかった。

「おれの意見はあのとおりだよ」彼はいった。「ボスに合わせて意見を変えるなんて期待しないでくれ」

「だれもそんなことは望んでいない、ロリー。おれがここに来たのは同意するよう説得できるかどうかを確かめるためであって、圧力をかけて賛成してもらうためじゃない」

「ゴーディアンはどうなんだい？」

「ゴードもきみと同じ懸念をいだいているし、部隊を送りこむ国々の受け入れ態勢に緊張を強いるかもしれない点はとりわけ心配している。きみはブラジルで一年以上、あそこの政府や法執行機関とわたりあってきたから――」

「そのずっと昔には、二期連続で空挺部隊に勤務してヴェトナムの長距離偵察巡視部隊を指揮していたよ」ティボドーが割りこんだ。「ヘリから敵の領土に降り立って索敵と殲滅をするんだ。配下の部隊は使命を心得てたし、あの任務には最高の部隊だった。しかしそれよりずっと大きいはずの使命、つまりおれたちをあの戦争に投げ入れた大義名分はあまり明快なものじゃなかったし、あの戦争がどんな終わりかたをしたかはあんたもおれも知ってのとおりだ」彼は不機嫌そうに鼻を鳴らした。「教訓は得られた。少なくともおれは学んだつもりだ」

ナイメクはひるまなかった。「おれがいおうとしていたのは、ロリー、おれたちはきみがその経験を活かせることを願っているということだ。どういう状況ならRDTに戦場への投入認可を出していいかを明確にし、政治的なあつれきなんかを避けられるように活動の規則と制約を明文化してもらいたい。戦略の全体的な枠組を与えてほしいんだ」

ティボドーは頭を振った。

「気が進まないっていったらどうするんだい？」彼はいった。

ナイメクは相手の目をまっすぐ見据えた。

「そのときは、ここからまっすぐゴードのオフィスへ行って、この計画は初期不動作（DOA）と報告する」彼は答えた。「〝全員一致〟といったのは誇張でもなんでもない」

ティボドーは黙っていた。筋を通して話を進めるナイメクに反論するのはむずかしそうだったが、試してみずにはいられなかった。

「で、トム・リッチはこの計画のどこにはまりこむんだい？」彼はたずねた。「おれが戦略の準備をととのえているあいだ、あいつはなにをしてるんだ？」

ナイメクにはこの質問への準備ができていたようだった。「リッチには戦術的な問題に専念してもらおうと思っている」彼はいった。

「戦術的」

「それと訓練に」ナイメクがつけ加えた。

なぜ自分はこれを聞いていらだつのだろうとティボドーはいぶかった。そして、いらだちをおもてに出さないよう努力した。

「もうやっこさんとその相談はしたのかい?」

「いや。しかし――」

「それじゃどうして引き受けるってわかるんだ?」

「彼が拒むとは思えない。戦場は彼の才能が最大限に発揮される場所だし、彼がもっとも得意とする分野でもある」ナイメクはいった。「こいつはいうなれば二元的なアプローチだ。メガンときみはしっくりいっている」彼はひとつ間をおいた。「きみとリッチはうまくかみあわないようだし、さしあたりこれがいちばんバランスのとれた機能的な体制だと思うんだ」

ふたたびティボドーは黙りこんだ。またしても彼は、自分は協力せずにすむ理由を探していると感じていた。

ナイメクは向かいの椅子にすわったまま机の端に手をおいて、視線をぐらつかせずに前に身をのりだした。

「どうだ、ロリー」彼は迫った。「やってみてくれないか」

ティボドーはさらに何秒か返事をせず、それからあきらめたようにためいきをついた。

「計画を進めてくれ。おれも勘定に入れてくれていい」彼はいった。「しかしおれは疑いをもっている。強い疑いを」

「わかっている」ナイメクはいった。

ティボドーは頭を振った。「さあ、どうかな」彼はいった。「ここだけの話じゃなく、おれは自分の気持ちを正式に表明しておきたい」

ナイメクはすばやいうなずきを返した。

「その旨をメモに書き留めてゴードに渡し、一部をきみに渡すのは造作ないことだ」彼はいった。「これで決まりかな?」

さらにまた一瞬ためらってからティボドーはナイメクにそうだといい、とにかく合意に関する話し合いはこれで終わった旨を告げた。それでも、彼が味わっているいまだ理解しきれない心の葛藤がほどけたわけではなかった。

ティボドーはモンテクリストをふかした。いつものようにこの葉の芳醇な香りと舌の上に残るぴりっとした味わいを楽しんだ。しかし、いつものような鎮静作用をもたらしてくれないのはなぜだ？　どうしてかぐわしい煙といっしょに心配事を運び去ってくれない？

とつぜん机の前から離れる必要を感じて、彼は椅子を押しのけるように立ち上がった。ナイメクと交わした会話の断片が——特にそのなかのひとつが——頭を離れようとせず、なんとかそれを振り払いたかった。自分のなかで星雲のようにぐるぐる渦を巻き、はらわたのなかに膨れ上がってすさまじい熱を胸のなかに送りこんでいるさまざまな憤慨の思いを、なんとか鎮めたかった。

〝リッチには戦術的な問題に専念してもらおうと考えている。戦場は彼の才能が最大限に発揮される場所だ——彼がもっとも得意とする分野だ〟

ティボドーは机を大股に回りこみ、両手を背中に回して唇のあいだから葉巻をまっすぐ突き出し、口の端から煙をたちのぼらせながらオフィスを行きつ戻りつした。そのあとふいに足を止めた。自分が机の前で箱のなかに積み上がったものを凝視していることに、彼は気がついた。

怒りと不満の燃えさかる目で彼はそれを凝視していた。

リッチ。戦術的な問題。戦場は彼がもっとも得意とする分野。

片手が勢いよく飛び出して未決書類入れを机の上から払いのけた。書類入れはすさまじい勢いで壁に激突し、そこから書類がこぼれ出て床に飛び散った。ティボドーはこの箱を荒々しく踏みにじりたい衝動に駆られた。サッカーボールのように部屋の向こうへ蹴り飛ばし、ぐしゃぐしゃに踏みつぶしてから、ひざをついてその上にかがみこみ、まき散らされた中身を破り裂いて、小さな裂けた紙を空中に投げ飛ばし、それがオフィスの家具の上へ紙吹雪のように舞い降りてくるのをながめ……

次の瞬間、彼は自分を取り戻した。とつぜん落ち着きを取り戻した。怒りの赤いもやが視界からはがれ落ち、ひっくり返った未決書類入れから飛び出した用紙と文書の散らばりを見つめていた。顔には驚きとショックの表情が浮かび、自分の目が信じられない気持ちだった。

おれはなにをしたんだ？

いったいどうしちまったんだ？

答えを待っているかのように、ティボドーはそこに立っていた。

しばらくしても答えはやってこず、彼はひざをついてのろのろと床の上から書類を集めはじめた。

ネイヴィーブルーのブレザーとオリーブ色のゴルフシャツと暗いカーキ色のスラックスに身を包んだエンリケ・キーロスの姿は、まるである種の現代重役像といっても過言ではなかった。すなわち、アイヴィー・リーグ出身で三十がらみの、たぶんインターネットを基礎にしたなんらかの企業の創立者だ。黒い頭髪は縮れ毛を短く刈って小ぎれいにととのえた地味なものだった。眼鏡の奥から知的な茶色い目が世界をのぞいていた。眼鏡はワイヤー・ステムの軽い鼈甲製。細身の体は食事に気をつけて熱心に運動をする人間のそれだった。

事実、彼はコーネル大学ビジネススクールの卒業生だった。サンディエゴのダウンタウンにある三階建てオフィスビルの続き部屋のドアには、〈ゴールデン・トライアングル・サービス〉という社名が立体的に記されていた。この社名は最近新しいハイテク・ビジネスの会社が乱立してきたラホヤの北東地域を指し示すものらしい。オフィスの装飾様式は明るく開放的だった。プレキシガラスの表面はなめらかで、じゅうたんはベージュ色、壁の抽象画の複製は控えめで、広々とした会議用の一角ではいま、彼のふたりのボディガードが黄褐色の革張りのソファにすわってそこそこに礼儀をわきまえながら——野生の狼たちが注意深く〝攻めこむな〟という合図を送るときがこんな感じかもしれないが——キーロスを訪ねてきた客にあからさまでない視線をそそいでいた。

彼らのスポーツジャケットの下に隠れている火器のわずかなふくらみは、素人なら気がつかなかっただろうが、ラスロップは約束の場所に到着するなり見破っていた。なんの心配もなかった。銃は雇い主を守るためのものにすぎない。ラスロップには相手に危害を及ぼす気はなかった。自分も銃を携行していたし、あまりありそうなことではないが、よしんばきな臭い事態になっても、彼らの手が武器に近づく前に両名とも倒せる自信があった。

「新しいりっぱなオフィスだな、エンリケ」机に歩み寄ってラスロップはいった。

「出世街道驀進中(ばくしん)というわけだ」

キーロスはほほ笑んで自分の向かいの椅子を指し示した。

「経済はがたがた音をたてて警笛を鳴らしながら進んでいく」彼は答えた。「ほかのみんなと同じように、わたしは時代の最先端に乗り遅れないよう最善を尽くし、できることなら最先端のすこし先にいられるよう努力する」

ラスロップは腰をおろした。エンリケがまだこの半島のスパングリッシュと呼ばれる訛りの強い英語を話していた当時のことを、彼はおぼえていた。エンリケが学校に行く前のことで、そのころはまだ彼の父親が生きていて商売を切り盛りしていた。いま彼の言葉はテレビのニュース番組のアナウンサーのような、大学の発音法の講義では一般アメリカ語という呼びかたで知られている味もそっけもない発音と抑揚を帯びていた。民族性や地方色の痕跡はまったくない。高等教育のたまものだ。

キーロスは肩をすくめるようにして袖の下から腕時計を出し、時間を確かめた。

「じつにいいタイミングで電話をしてきたよ、ラスロップ」彼はいった。「あと三十分遅かったらべつの約束に出かけてしまっていた」

「長居はしない」

「正直いうと、きみから連絡をもらったこと自体が驚きだった。きみはサラサール一族のためにずいぶん仕事をしてきただろう。確実に仕事を手に入れるために自主独立の精神を捨てたのかと思っていたよ」

ラスロップは首を横に振った。

「自由の身がいちばんだ」彼はいった。「自分の規則を自分でつくれるし、病気で休んだやつに賃金を支払う必要もない」

キーロスはまたほほ笑んでいた。「ルシオとその兄弟たちの組織運営はきみの以前の親方たちよりずさんと考えざるをえないな」

ラスロップは肩をすくめた。

「知らないことを知ったつもりになると、人生はややこしくなる」と、彼はいった。

キーロスはラスロップの顔を見た。「どんな情報を持ってきたんだ？」彼は冗談口調を捨ててたずねた。

「おれには支払いができないくらい値打ちのある情報だ」

キーロスの目が興味をいだき、レンズの奥できらりと光った。

「情報の正しさに納得がゆけば」彼はいった。「かならず満足のゆく支払いはする」

ラスロップはすこし時間をとって話の筋に加える最後の修正を検討した。すこし複雑になってきている。まだ油断は禁物だ。

「四日前の夜、あんたの男のフェリックスとその仲間が、サラサール一族がメキシコから運びこもうとしていた積荷を奪い取った」彼はずばり切りこんだ。「おれの話しているのは六〇キロか、ひょっとしたらそれ以上の大荷物のことだ。フェリックスはサラサールの手下を大勢殺し、サラサールにメッセージを送るために何人か切り刻んだ」

キーロスは否定の意をこめてすぐさま頭を左右に振りはじめた。

「なにかのまちがいだ」彼はいった。「フェリックスは過去に面倒を起こしたことはあるが、そんなことをしでかすやつじゃない」

ラスロップは小さく肩をすくめた。

「おれはなにがあったかを話している。あんたが残りを聞きたくないというなら、それはそれでけっこうだ」

キーロスは相手を一瞬見つめ、それから長い息を吐き出した。

「聞こう」彼はいった。

ラスロップはそれ以外の答えが来るとは思っていなかった。

「あんたが南米であの大物と手を組みはじめて以来、フェリックスは傍若無人にふるまっているといううわさが、「おれの情報源からは届いている」彼は話を続けた。「品物（ブツ）が運びこまれてくるという秘密情報を知ったとき、あいつはのぼせあがって、サラサールのところの前庭に小便で領地のしるしをつけずにはいられなくなった」

「ばかをいうんじゃない。わたしがそういう無分別な行動に反対することを知っていながら、フェリックスは先走って、わたしの同意なしに動いたというのか？」

　ラスロップはうなずいた。「あんたにじゃまされないようにな」

　キーロスはまだ受け入れを拒もうとしていた。「フェリックスはいっときの感情に駆られやすい男だ。ときどきあまり利口でないふるまいをすることもある。しかし、強盗みたいな派手なまねをしたら、いずれわたしに知られずにはすまないとわかるくらいの分別はある。そしてあいつの忠誠心を疑うつもりはない。利益を独り占めしたくてわたしにいわなかったというのなら――」

「おれはそんなことはいってない、エンリケ。ひょっとしたらやつは、品物（ブツ）をすばやく奪い取って、思いがけない大当たり（ジャックポット）であんたをびっくりさせるつもりだったのかもしれない。おれが知っているのは、あいつがそれをしでかしたことだけだ。おれはあいつの動機を推理したり、おたくの一族の問題に首をつっこんだりするためにここに来たんじゃない」

　キーロスは憂鬱そうに眉をひそめた。

「わかった」最初のよりずっと長いためいきを彼はついた。

「ほかにどんな情報があるんだ？」

ラスロップは自分の嘘の結び目がほどけないよう、しっかり締める準備をした。

「いまいったようにフェリックスは強盗現場で凶悪のかぎりを尽くしたが、サラサールの手下のなかに息のあった者がいたらしい。それで犯人がわかった」と、彼はいった。口を離れた嘘にほころびはなさそうだった。「ルシオはあんたのしわざだと思っている。あんたの命令なしに、少なくとも承認なしに、あんなとんでもないことをしでかす度胸がフェリックスにあるとは思えないからな」

目に見えて動揺したキーロスは、ひょっとしたらまるまる一分ほど、一度も口を開かなかった。両手の指を机の端に広げ、ピアノの鍵盤をたたいているかのようにアーチ状に曲げて、爪のまわりが白くなるくらい強く押しつけていた。

ラスロップは待った。もう彼は確信していた。エンリケはおれの話を信じた。エンリケの頭のなかでこの問題が具体的な形をとっていくのが目に見えるほどだった。何食わぬ顔をしているのが駆け引きのコツだ。

「どうやってフェリックスがその荷物のことを知ったのかを知りたい」ようやくエンリケがいった。その強奪が彼の承認のもとに行なわれたものとサラサールが信じこんでいるとしたら、その認識を是正する手を早急に打たないと恐ろしい報復がやってくる。もちろん彼はその点を理解していた。「その点については、なにかわかっていないのか?」

ラスロップは首を横に振った。相手を納得させられるくらい力強く。そして、エンリケには永久にわからなくするためにお膳立てしておいたフェリックスとの密会のことを考えた。

「調べてほしいかい?」彼はいった。

「そうしてくれたら助かる」キーロスがいきなりまた腕時計を確かめて、背中をさっとまっすぐ起こした。「この話は口外無用だぞ。もう出かけないと」

ラスロップの頭が小さく後ろに傾いた。あごの蝶番から力が抜け、空気を味わうかのように上下の唇が分かれた。エンリケは動転しながらもどうにか平静を——少なくとも表面的には——保っていたし、その点はたいしたものだと思った。しかし、腕時計を見て椅子から飛び上がりかけた様子はただごとではないような気がした。それまで話していた内容が内容だけに、この男の思い出した約束がこの話を途中で切り上げなければならないくらい差し迫ったものだとしたら……こっちもきわめて重大な用件にちがいない。

いやそれどころか、とてつもなく大事な用件にちがいない。

好奇心をおくびにも出さないよう注意しながらラスロップは立ち上がり、また連絡するとキーロスに告げてきびすを返すと、会議用の区画にいるふたりのボディガードのそばを通り抜けてオフィスをあとにした。

このあとなにが起こるのか、知りたくてうずうずしていた。

7

二〇〇一年十一月四日　さまざまな場所

好むと好まざるにかかわらず、昔から自分にはものごとの暗い側面を見る習性があった、とラスロップは思った。きっとおれはそういう性質をもって生まれてきたのだ……〝耐えがたいほどの憂鬱〟というのはポーの言い回しだったか？　ずっと前からおれは、かならずいつもじゅうたんの下をつつきまわしたり石を持ち上げたりして、その下になにか汚い秘密が隠れていないか確かめずにはいられなかった。

休暇中のラスロップはある種の人びとがポテトチップをむさぼり食うように書物の山をむさぼり読む人間だったが、バルボア・パークの回転木馬（キャラセル）を取り囲んでいる通路をジョギングしたり散歩したりしている人びとのあいだを移動しながら、彼はどこかでこんなことを読んだのを思い出していた。フランス語のカルーセルは〝騎馬試合〟という意味で、イタリア語のカロセッロは〝小さな戦い〟の意味に転じ、十字軍のころに英語のキャラセルの語源となった。十字軍はヨーロッパ各地の騎士と傭兵で構成されていたが、その後期にとある軍隊が少なからぬ量の血を流すことで退屈をまぎらしながら行進をしていったとき、オスマン・トルコとアラブの騎兵が馬に乗って木に突進し、枝にぶら下げた環を武器の先端で突き刺す稽古をして槍の腕を磨いているのに気がついた。

勤勉なヨーロッパの戦士たち、つまり飲酒と放蕩で疲弊していて、戦いを続けられそうになかったために殺されずにすんだ者たちがそのアイデアを母国に持ち帰ったとき、木は回転するポールになり、生きた馬は鎖とミュール精紡機でできた機械仕掛けで回転する木の乗り物になったが、この手の込んだ仕掛けの目的はやはり戦闘訓練にあった。

つまり敵を確実に殺傷できるように突き刺す訓練が回転木馬の始まりだったのだが、ラスロップは小学校で読書感想文を書いていたころからそのことを知っていた。ほかの子どもたちは、もう一回無料(ただ)で木馬に乗るために真鍮の環に手を伸ばしていた。いっぽうラスロップは、それをつかめないとだれかが繰り出した槍が自分のやわらかく若いはらわたに突き刺さるのだと頭のなかで想像をふくらませていた。万事がそんな調子だった。チューチュー鳴き声をあげるゴムの玩具をペットの子猫が前足ではじき上げたり頭上でひっくり返したりするところを見ても、ほかの子どもたちはパスやらタビーやらスプーキーはとびきり賢くてかわいい猫ベースボール界のメジャーリーガーなのだと考えるだけだった。

それに対してラスロップは、図書館に行って本を見つけ、放り上げてひっくり返す動きは狩りをして獲物を殺す本能のひとつの側面であり、野生の猫類はそんなふうに川から魚を放り上げ、しかるのちにディナーのひと皿にすることを知った。

ラスロップがここから学んだ教訓は、どんな遊びにも真剣な行動の要素がひそんでいることを肝に銘じておかなければならないということだった……あとから考えると、この教訓はまちがいなくプラスに働いた。この測り知れない貴重な洞察を得ていなかったら、META作戦と免責作戦（ともにメキシコからの麻薬密輸入組織撲滅作戦）から五体無事に帰ってこられはしなかっただろう。

極秘作戦の栄光の日々よ。

ラスロップは通路の端でゆっくり足を止めた。ここなら回転木馬がよく見える。これ以上近づく必要はない。古いタイプだ。一世紀くらい前のものかもしれない。バンドオルガンが奏でられ、時代を感じさせる彫刻をほどこされた動物が何列か並んでおり、一段高くなった回転台の外側にはゴンドラ席があった。平日にもかかわらず、暖かい日差しのふりそそぐ好天のせいか公園には大勢の人がいて、乗り物は満員だった。ラスロップは靴のひもを結ぼうとしているみたいに体をかがめ、車のなかでかけてきた軽い黒縁の眼鏡で回転台をそっと盗み見た。左のステムの蝶番にあるちっぽけなつまみを指先ですばやく押すと、そっちの側に拡大された長方形のリアリティ・パネルが現われた。彼の二フィートほど手前に静止したように見える拡張現実（AR）ディスプレイは、じつは眼鏡のフレームに埋めこまれた超小型電子工学システム（MEMS）の光学装置が簡素なプラスチック・レンズの上半分に投影しているものだった。制御つまみをひとひねりして投影光学装置の拡大反射鏡の焦点を合わせると、ディスプレイの境界がなめらかになった。

「〈プロファイラー〉」と、ラスロップは襟にクリップで留めたピックアップ・マイクにささやきかけた。

ウインドブレーカーの下に隠したウエアラブル・コンピューター――トンネルの襲撃事件があった夜、ベルトに着けていたのと同じ装置――につながっている細いケーブルから、音声リンクが音声の命令を受け、エンリケ・キーロスから購入したアップリンク・インターナショナルの人相識別ソフトの海賊版を起動させた。まったく、時代の移り変わりというのは面白い。

ソフトが立ち上がるのをラスロップは待った。メモリーを保護するためにインストールされているのは最小化版だった。そこにはテロリストと犯罪者と彼らの既知の仲間一万人の検索インデックスがはいっていて、対象者の顔にもっとも近い二十人をARパネルに表示してくれる。デスクトップ・コンピュータに組みこんであるフルオプション版のほうならその何倍もの数を検索できるし、ワイヤレス・ネットワーク・コネクションでこのデータベース源にアクセスできるのはわかっていた。しかし現場でそれをしていると時間を食ううえに注意力が散漫になるし、目標の映像は眼鏡のブリッジのピンホール・デジカムに収めてあるから都合のいいときじっくり見なおすことができる。

引き続き回転木馬に目をそそいでいると、くりかえし流れるパイプオルガンの音楽に合わせて木馬が回るとともに乗客がポールを上下していった。幼児の大半は内側の列にいる風変わりな動物たち、つまりまだら模様の豚や、お伽話に出てくるような笑顔の蛙や、奇想を凝らした鶴や駝鳥のものらしき長いアーチ型の首をもった明るい色の鳥たちにベルトで固定されていた。ゴンドラの向こうの背の高い王様の馬たちには、もっと年上の男の子や女の子が乗っていた。親が鞍のそばで落ちないように支えている子たちもいた。残りの色鮮やかな小馬（ポニー）たちには、マリファナでラリっているなとラスロップがにらんだ、はしゃぎまくり浮かれ騒いでいる十代（ティーン）の一団が乗っていた。ラスロップの関心の対象は彼らのなかにはなかった。

あと一分くらいは人目を引かずにスニーカーをいじくっている時間があるとみて、ラスロップは視野の隅のゴンドラ席に恋人のように寄り添っているカップルに注意を向けた。ただしこれは、そんなほほ笑ましいひと幕ではない。

男のほうはエンリケ・キーロスだった。いっしょに乗っているブロンドの美女が何者かはわからなかったが、ラスロップくらい尾行の経験を積んでいる人間には彼らのしぐさから、いま行なわれているのは取引にまちがいないと確信できた。

思った以上に面白くなりそうだ。ラホヤにあるキーロスのゴールデン・トライアングル社の前を立ち去ったあと、ラスロップは自分のボルボを角の時間極めのガレージから出してオフィスビルへ引き返し、ビルの正面入口がよく見える通りの中間あたりに二重駐車をした。積み降ろし用と非常用を除けば出入口は正面にしかない。エンリケがそこ以外から出ていくとは思えなかった。

その五分後、キーロスは人通りの多い歩道にひとりで出てきてラスロップと反対方向へ進み、一ブロック歩いて、この近所のいたるところにある屋内ガレージのひとつに向かった。

ラスロップはあとを尾け、ガレージの近くに止まってまたしばらく様子を見た。ほどなくキーロスは、特注のポルシェ・カレラ911に乗って出てきた。麻薬の売買にたずさわる見せびらかしたがり屋の軟派な下衆どもがお好みの車だ。おそらく付き人に前もって用意させていたのだろう。

ラスロップはキーロスの二台ほどあとからボルボを発進させ、車の流れに合流した。ポルシェは左折してA通りにはいり、十二番街を北に向かうと、やがて道は公園大通りになった。キーロスは節度のある速度でバルボア・パークへ向かっていた。高架交差路を越えた交差点で赤信号になった。キーロスは青になるのを待って左にはいり、すこし走って右折をし、スパニッシュヴィレッジ・アートセンターの奥の舗装された駐車場にはいった。

駐車スペースはたっぷりあり、ラスロップはキーロスから五、六台離れた場所にすばやく車を入れた。オズモンド・ファミリー全員を運んでまわれそうなフォード・エクスカージョンと、それよりほんのすこし小さなミニヴァンのあいだだ。キーロスがポルシェを降りて北へ向かい、アートセンターを離れて回転木馬や動物園の入口があるほうへ向かうのが見えると、ラスロップは助手席にあったスポーツクラブのバッグからジョギング用の服をとりだしてそれに着替え、脱いだスポーツジャケットとスラックスとコルドバ革の靴をバッグに詰めた。

窓は色つきガラスで両側に無人の大きな車があったからのぞかれる心配はないと思ってはいたが、のぞかれたとしても不審に思われる可能性はないとラスロップは踏んでいた。車内で妙なことをしている人間はいるものだ。お節介などこかの人間が目を留めたとしても、せいぜい、仕事場をこっそり抜け出してきてぽかぽか陽気のなかで仕事をサボっている工場労働者かなにかくらいにしか見えないに決まっている。

キーロスを視界にとらえたまま、ラスロップは髪を後ろにかきあげてダッシュボード上のナイキの野球帽をかぶった。彼の変装の第一法則である野球帽は、だれかの記憶にこびりつくかもしれないチーム名のロゴがついたものをかぶらないかぎりは頼りになる変装道具だった。つけ髭、かつら、顔の補装具をはじめとするさまざまな材料は偽装には理想的な道具だが効果的に使うにはそれなりの準備が必要で、ラスロップは観察を続けながらその作業に取り組んでいた。

そして最後にAR眼鏡を加え、腰のベルトに隠した超小型コンピュータにプラグを差しこんだ。

キーロスが車を離れてしばらくすると、ラスロップ自身も車を出た。回転木馬まであとを尾けていくと、チケットの列のそばで色っぽいブロンドの女がエンリケを待っていた。

いまラスロップは、五分間の回転時間が終わる前に話すべきことを全部話してしまおうとしているみたいに早口で言葉を交わしているふたりの様子を見守っていた。デスクトップで録画再生したときに読唇ソフトで彼らの会話をつなぎ合わせられますようにとラスロップは願っていた。このソフトには文脈検出論理回路が組みこまれており、ふたりがデジカムのレンズから顔をそむけたり回転木馬の動きで映像がぶれたりして生じたとぎれを埋め、ふつうに会話を交わしているときに起こる声の重なりを補正することもできた。

回転木馬が回っているあいだに、〈プロファイラー〉は十を超える候補者を選び出し、顔写真の基本部分を既知の名前や偽名、年齢や国籍や必要不可欠な犯罪歴と比較対照していった。

ラスロップは軽い失望をおぼえていた。ブロンドの女の身元をこの場で割り出したかったのだが、どうやら彼のディスプレイにぽんと飛び出してくるたぐいの要注意人物ではないらしい。それでも、この小さな逢い引きに遭遇して、あとでじっくり吟味できる会話をたくさん収録できた点には大きな満足をおぼえていた。

靴ひもを直すために体をかがめているのはそろそろ限界と判断して、彼は体を起こした。乗り物もゆっくり止まりはじめており、エンリケは降りたあとこっちに向かってくるにちがいない。尾行を疑ってはいないかもしれないが、あの男は注意散漫な愚か者でもない。

通路へ足を踏み出そうとしたとき、ラスロップはあることに気がついて、もうしばらくそこにとどまる危険を冒すことにした。ゴンドラが最後にひとつゆるやかな回転をしながら通り過ぎたとき、ブロンドの女がふいにハンドバッグを開いて小ぶりな物体をとりだし、エンリケに手渡した。黒っぽい光沢のある箱だ。ロデオ・ドライブの高級貴金属店で購入したものがはいっていそうな箱だった。

ラスロップは鋭い好奇の視線をそそいだ。たんなる恋人たちのピクニック風景にすぎないのでは、とふつうなら思い直したかもしれないが、女のすばやい渡しかたがその可能性を打ち消した。とりたてて友好的なしぐさとも思えなかった。笑顔も浮かんでいなかった。唇が触れ合ったり、慎ましやかにほっぺにキスをしたり、キスをするまねすら見られなかった。そのうえエンリケはしぶしぶその箱を受け取って、ぴりぴりした雰囲気すらただよわせながら腫れ物にさわるような感じでスポーツジャケットのポケットにそれを押しこんだ。

ラスロップがくいっと顔を上げた。唇が分かれ、口元がねじれた。彼はひとつ息を吸いこんだ。この受け渡しのためか。この密会はこれのためだったのか。ウエアラブル・コンピュータのフラッシュメモリー・カードにその決定的な瞬間を収めることができた。

いや、本当に収められたか？

興奮をおぼえつつ、ラスロップはそれを確かめたい衝動にしたがった。

「〈プロファイラー〉を抜け、画像を出せ」ゴンドラが遠ざかっていくのを見守りながら、彼はマイクに命じた。

さらに二度、音声による命令を出すと、さきほどの場面が眼鏡のディスプレイ上に再生された。

背骨から腕と指先へ興奮が駆け抜けた。だいじょうぶだ。数秒前にくらべると緊張はほどけていた。

もうすこしここにとどまって、群衆のあいだをさまよい歩き、キーロスと連れの女が乗り物を降りたあとどこに向かうか確かめることはできるかもしれない。しかし切り上げる頃合いだと経験が告げていた。それに、いずれにしてもふたりは別々の道を行くにちがいないという確信があった。

エンリケは目的のものを手にした。ラスロップと同じように。

午後の仕事は上々だったと考えながらラスロップは回転木馬からきびすを返し、歩道を駐車場へ戻っていった。

「〝スリー・ドッグ・ナイト〟〝ジェファーソン・エアプレーン〟〝ザ・トロッグズ〟か」ナイメクのビリヤード・ルームにある大きな年代物のジュークボックスの選択つまみの上に体をかがめて、リッチが読み上げた。「認めるしかないな、ピート、あんた――」

「かっ、かっこいいか？」ナイメクは指をぱちんと鳴らした。

「いっ、いかすよ」リッチはいった。

ナイメクはにやりとした。

「そいつは、六八年の夏を父親と過ごしたビリヤード・ホールにあったのと同じ型のジュークボックスでな。ワーリッツァー2600だ」木目調のサイドパネルを彼はぽんとたたいた。「はいってる歌も同じだ。三曲二五セント、十曲五〇セントだった」

リッチはナイメクを見た。

「すてきな年だったにちがいない」

「連戦連勝、向かうところ敵なしだった。手玉のスイートスポットを外すなんてありえなかった」彼はいった。「縛られて目隠しをされてても関係なかっただろうな。相手のなかには、賭け金を払わされる前にそう考えたのもいたにちがいない。けっこう手強い荒くればっかりだったが」

「なんで行儀よく支払っていったんだい？」

「おれの親父はそれ以上のこわもてだったからだ」

リッチはうなずいた。

ナイメクはソーダ・バーを回りこんだ。白いカウンターの足元には赤いコカ・コーラの瓶の王冠のデザインがあり、カウンターの縁にはクロムの飾りが見え、白いスツールが六脚あった。どこもかしこも薄汚れて見えた。クロムめっきの仕上げにもところどころにひっかき傷や色落ちがあった。カウンターの表面にはタバコの焼け焦げがあった。スツールのひとつの合成皮革のクッションの破れ目から、ぼろぼろの黄ばんだ詰め物が飛び出していた。

「なにか飲まないか？」ナイメクがポンプの後ろからいった。「コーラにはシロップとフィズが適当に混ざってる。冷凍して霜のついたマグもある。なんならビールもあるぞ」

リッチはスツールのひとつに腰をおろし、よどんだタバコのにおいと安っぽいコロンのにおいのたちこめた空気を吸いこんだ。

「コーラにしておこう」彼はいった。「酒を飲みはじめると、三時間後には誘惑と闘うはめになる。キリストが砂漠で悪魔と闘った例の聖書の物語みたいにな」

ナイメクはリッチを見た。

「ただし」彼はいった。「きみはイエスじゃない」

リッチは漠然と面白がっているような雰囲気を伝えてきた。

「真理は汝を解き放つ」と、彼はいった。

ナイメクが飲み物のボックスからふたりぶんのコーラをそそぐと、きんきんに冷えたマグからすっと曇りが消えた。彼はカウンター越しにリッチにひとつを手渡した。

ふたりは黙って飲んだ。そのあとリッチはふーっと称賛の息をもらして口元からマグをおろした。

「うまい」彼はいった。「フィズもシロップもちょうどいい」

ナイメクがほほ笑んだ。

マグの取っ手を持ったまま、リッチは親指の爪で表面上の薄い氷の霜をひっかいた。

「おれをここに招いたわけを話さないのか？」

ナイメクは彼にうなずきを送った。「きみのＲＤＴ創設の提案は試験段階の話ではあるが正式に承認された」彼はいった。「喜んでもらえると思ってな。電話で伝えるよりじかにおめでとうを伝えたかった」

リッチはそこにすわったまま、しばらくナイメクを見つめていた。

「感謝するよ、ピート」彼はいった。「その好意にだけじゃない」

ナイメクはかぶりを振った。「この件にはおれはなにもしていない。あの計画をゴードに売りこんだのは、きみだ。みんなに売りこんだのは、きみだ。ほかの者よりちょいと説得に時間がかかったのも、なかにはいたが」

「あんたのひと押しがなかったら、そもそも納得してもらえなかっただろう」

ナイメクはなにもいわずに肩をすくめた。

「怒れるケイジャンの疑いも解けたのかい？」しばらくしてリッチはたずねた。

「正直いうと彼は乗り気じゃない。しかし、反対を一時棚上げして公平なチャンスを与えるにやぶさかではないそうだ」

「やっこさんの能力のなかに公平さがあるとは思わなかった」

ナイメクはマグを下においで、カウンターの上にわずかに身をのりだした。

「ティボドーのことだが」彼はいった。「あの男にはすこし頑固なところがあるし、ひと筋縄ではいかないところもあるかもしれない。しかし有能だし、骨の髄まで勇敢な男でもある」

「だから？」

「ポモナ号で彼が撃たれた状況についてきみが吐いた言葉は失言だった。あのときは売り言葉に買い言葉だったのかもしれないし、おれからとやかくいうつもりはない。しかしここだけの話だが、彼がブラジルでとった行動は不注意なものでも無謀なものでもなかった。あれは勇気ある適切な行動だったたし、そのおかげでたくさんの人命が救われたんだ。あやうく自分の命を犠牲にしかけながらな。その点はきみに認めてほしいと思っている」

リッチはすこしのあいだ黙っていた。

「そう思ってるさ」彼はいった。「その点には敬意さえ払っている。あんた以外のみんなの前でも、おれにそう認めてほしいのかい？」

ナイメクは首を横に振った。

「そうわかっただけで充分だ」彼はいった。

ふたりはすわったまま、三十五年前の古い記憶と印象から生み出され意図的にみすぼらしくされたビリヤード場でコーラを飲んでいた。

「で、おれはいつからその新しい部署の編成にとりかかれるんだい？」しばらくしてリッチがたずねた。「選抜用の志願者をつのるとか、そういったたぐいのことに？」

ナイメクは腕時計をちらりと見た。

「いまちょうど三時だ」彼はいった。「五時からあとはつきあえるか？」

リッチはナイメクにかすかな笑みを向け、ソーダを口へ持ち上げた。マグの霜はもう溶けて、あとにはきらりと光る玉のしずくが浮かんでいた。

「乾杯」彼はいった。

フェリックス・キーロスのおもての稼業は、サンディエゴ郊外で営んでいる一族経営の廃車回収業だった。しかし実際には、新型のさまざまなアメリカ車をメキシコ経由で世界の国々に運びこむことで金をつくっていた。

ときには昼の光が燦々とふりそそぐなか、たいていは夜のうちに、車は盗んだ通りやガレージから直接一四エーカーの裏庭へ運びこまれる。いちばんりっぱなモデルは長いアルミ製のヴァンに運びこまれ、違法な輸送経路で国境を越える。それほどりっぱでない車は、フェリックスの解体場でパーツに分けられる。

この肌寒い十一月の月のない闇夜に、押しつぶされた車体の山のあいだを上からじっと見つめているラスロップの目には、五、六台連なったおぼろげな車の列が裏庭から金網のフェンスを通り抜け、傾斜路を出して待っているメタル・ヴァンに向かっていくところが映っていた。ほかにも二台ほど、べつの砂利道を再生・解体区域の起重機やコンベヤーや廃車圧縮機のほうへ進んでいた。

自動洗車場にはいっていく車たちを見るようだと、彼は心のなかで思った。整然としている。

「それで、快適なあったかい建物のなかじゃなくて、おれの宝石どもをがたがたいわせているここへ呼び出した理由はいつわかるんだい？」はらわたを抜かれてぺしゃんこになった車の列のなかにラスロップと立ったまま、フェリックスはたずねた。彼は暖を求めて体を縮こまらせ、肩の上でさかんに手をこすり合わせていた。「いったいどういうつもりなんだ？」

「人目を避けるためだ」ラスロップはいった。

フェリックスは屑鉄置場の端にあるトレーラーに向かって頭を傾けた。

「あそこにおれ専用の移動事務所があるじゃねえか、わからねえのか（コンプレンデル）？」

ラスロップは相手を見た。

「口の聞きかたを知らないな、坊や。学校を卒業することを考えたほうがいい」彼はいった。「学校はエンリケに奇跡を起こしたからな。だれのためにここまで来てやったと思っているんだ？」

フェリックスはできるかぎり関心のないふりをしようとしたが、うまくいったとはいえなかった。

「べつに失敬なことをするつもりはねえ。おれたちゃどっちも紳士なんだし、背中につっかい棒があったほうがいいんじゃないかっていってるだけだ」彼はいった。「それで伯父貴がどうしたって？」

「おまえに関係のある大事な問題はだ、きょうおまえの伯父に会ってたまたま耳にしたんだが、やっこさん、自分の許しもなしにおまえがサラサールにちょっかいを出したのを知ってかんかんになっているみたいだぞ」

フェリックスは頭を後ろにのけぞらせて胸を前に突き出すという、MTVのヒップホップ・ミュージック番組からそのまま飛び出てきたようなあけすけな否定のポーズをとった。

「おれが関わってたなんて、なんで伯父貴にわかるんだ？」彼はたずねた。「それに、なんで伯父貴がそんなことをあんたに話さなくちゃならないんだ？」

ラスロップは大きなためいきをついた。

「おい、いいかげん生意気なごたくを並べるのはやめろ」彼はいった。「おまえの伯父に会ったのは、べつにおまえの話だったわけじゃない。エンリケがぽろっと口にしたのを聞いて、おまえが知りたがるかもしれないと思っただけだ。積荷の強奪犯はおまえだってことをだれがおまえの伯父に教えたのか、おれには見当もつかん。ひょっとしたら、おまえがそのでっかい自慢したがりの口を、おまえのよりでっかい口の持ち主に向かって開いちまったのかもしれない」

フェリックスは急いでかぶりを振った。

「ばかいえ、そんなはずあるわけねえ」彼はいった。「それに、エンリケがあの一件でかっかしてるんなら、なんでうまく口添えしてくれなかったんだ？　サラサールの荷物がやってくるのを教えてくれたのはあんたじゃないか。おれがそんなことするなんてエンリケは信じやしないっておれにいったのはあんただろうが。品物（ブツ）の引き渡しがすむまではそっと隠しておいて、すんだら儲けをエンリケと山分けして、最後におまえのことを認めさせてやれっていったのはあんたじゃないか。そうだろう、ラスロップ」

「そうはいっても、おれはおまえの導師（グル）じゃない。おまえの弁護士でもない。一族の内輪もめのなかに首をつっこめる立場じゃない。ただおまえにはこの前も最高の助言をしてやったし、こんどもそうしてやろうと思っただけだ。割増料金はいらん。エンリケのところへ話しにいけ。本当のことを話して、隠し立てをするつもりじゃなかったとはっきり伝えてこい。ただし荷物のことをおまえに教えたのがおれだってことはいうな」

フェリックスはぷいと頭を上げてすねたようにもぞもぞ体を動かし、靴の爪先を土に蹴り入れた。

「黙ってるのはかまわねえが」彼はいった。「伯父貴におれを売ったのは、あんたじゃないだろうな？」

ラスロップはふたたび長い息をついて、さっと周囲を見まわし、フェリックスを誘い出した屑鉄の峡谷の壁に潜んでいる者がいないかどうかを確かめた。このちんぴらの移動事務所で大立ち回りを演じるのは避けたい。帰る前にあと片づけが必要になる。

「口の聞きかたを注意してやったはずだぞ」彼はいった。「ちゃんと聞いておくべきだったな」

フェリックスがぎくりと動きを止めた。唾をのみこんだ。でっかい口をたたきすぎたらしいと気づいた表情が顔に浮かんでいた。

「なんだってんだ、ええ？」彼はいった。

どこからか、ラスロップの手のなかに消音器のついたグロックの九ミリ拳銃が現われた。

「おまえはおしまいってことだ、フェリックス」ラスロップはいった。「まぬけめ」

ラスロップは銃口を上げて引き金を二度絞り、なににやられたのかフェリックスには見当もつかないうちに二発の鉛玉を額のまんなかに正確にめりこませた。

ここを掃除するのは簡単だ。通路で屑鉄と化している車のなかに、トランクのふたは錆びてはいるが、壊れていないのが一台ある。ラスロップは手袋をはめてトランクのなかに死体を詰めこみ、ふたを押して閉め、掛け金までかけてやった。

それから血と頭蓋骨の断片の上に土をかけに戻っていった。

若造の死体を隠すのに過剰なくらい完璧を期する気はなかった。フェリックスがキーロスの配下のだれかに発見されようが、群れをなして食べ物をあさる齧歯類に食いつくされようがかまわない。おれのしわざと考える者がいないかぎり。

十分後、ラスロップはだれにも気づかれることなくそっと廃車置場から抜け出した。自宅に戻りたかった。疲れていたし、エンリケとブロンドの女を撮った回転木馬の映像を仔細に調べたかった。

ベッドで休む前に飼い猫たちに餌をやり、ちょっとかわいがってやる必要があるのはいうまでもない。あの三匹は早朝からずっとご主人なしで過ごしてきたのだ。

8

二〇〇一年十一月六日　さまざまな場所

マーガレット・レネ・ドゥーセはニューオーリンズの中心にある先祖代々の三階建ての豪邸にひとりで暮らしていた。長年召使いをつとめてきたエリッサというクレオール（フランス移民の子孫）の老女が、離れにあるかつての奴隷用住居を使いながら彼女の世話をしていた。ひとりっ子のマーガレット・レネがまだほんの九つか十のころに彼女の両親に雇われたエリッサは、両親のときならぬ死によってマーガレットに遺贈された莫大な遺産の一部であるこの家で、ずっと彼女の世話をしていた。

自動車事故で両親が亡くなった一九九〇年には、マーガレット・レネは三十二歳だったが、富裕階級の人びと相手の証券会社を所有している投資コンサルタントと結婚したばかりで妊娠三カ月だった。彼女とその夫はジェファーソン郡の川のほとりに新居を購入していたが、その資産を売りに出してヴュ・カレのこの屋敷に移ってきた。

悲しみに沈んではいたものの、マーガレット・レネは自分の思い出や愛着の詰まった場所で子どもを育てられることに慰めを見つけていた。天井の高い寝室や、大広間や、素焼き粘土（テラコッタ）の瓦屋根と熱帯産のみずみずしい緑樹が木陰をつくっている優雅な中庭には、いまも祖先の魂が宿っていてぬくもりを吹きこみ、この家に住む者の心を癒（いや）し、支えてくれているような気がしていた。

当時から十年が過ぎたいま、新しい生活が悲しみをやわらげてくれるのではないかというマーガレット・レネの願いは、拷問者の皮はぎナイフの下で細長く剝けていく血まみれの皮膚のように彼女からはがれ落ちていた。

洗礼をほどこし、彼女の父親の名をとってジャン・デイヴィッドと名づけた彼女の息子は、急に腹痛を起こすことはあったものの生後六カ月まではふつうの幼児だった。ところがやがて不吉な前兆が現われてきて、たんなる急な腹痛どころではなくなった。彼はなかなか物を飲みこめず、胃に収めた食べ物をもどすことがたびたびあった。ありきたりの小児科の病気では説明のつかない急激な体温の上下動もあった。生後十カ月のとき、マーガレット・レネは息子の動きが妙にぎくしゃくしていること、それまでに習得された身体機能が徐々に失われていくことに気がついた。ベビーベッドの棒をつかんでいてもバランスを失うし、高い椅子に体を立ててすわることがどうしてもできなかった。握った手からおもちゃが落ち、ときには新生児みたいに手の指が親指を締めつけていた——こぶしをぎゅっと閉じたまま爪が手のひらに食いこんで傷をつけ、おびただしい出血を見たこともあった。

息子の主治医たちは念のためにと、リソソーム異常の発見を専門にしている研究所に血液のサンプルを送るよう勧めてきた。このときまでリソソーム異常という言葉をマーガレット・レネと夫は知らなかったが、これはある種の細胞膜のさまざまな欠陥を説明する医学用語だった。脳と神経系の発達に不可欠な酵素であるガラクトシルセラミダーゼBがほとんどないことに気づいたとき、研究所の臨床医たちはさらに検査をほどこすために急いでその標本をフィラデルフィアにあるべつの医療施設に送った。この緊迫の時期、両親の耳にはさらに、白質ジストロフィーやDNA突然変異や髄鞘(ずいしょう)といった聞きなれない恐ろしげな用語が告げられていった。マーガレット・レネはその意味を理解しようと必死に努力しながら、彼女がまだ少女だったころフレンチ・クォーターの狭い通りを徘徊するといわれていたブードゥー教の呪術師が口にする意味不明の歌に耳を傾けているような気分にしばしばおちいった。

最終診断には言葉を失った。ジャン・デイヴィッドはグロボイド細胞白質ジストロフィー(GCL)、別名クラッベ病と判明した。保因者の両親から遺伝するめずらしい遺伝子異常だ。神経繊維をとりかこんでいる酵素の複合体が電線からかじり取られた絶縁体のように朽ちていき、神経そのものが変性を起こし機能を停止する。この病気の症状は、対処をしたり、ひょっとしたら進行を遅らせることはできるかもしれないが、治療法はなく、進行を止めたり病状を好転させたりする方法はなかった。小児の場合ほとんど絶望的だった。ただ、いつまでもちこたえるかはまちまちだった。

ジャン・デイヴィッドの進行は早かった。健康な子どもの親には喜ばしいはずの一歳の誕生日が近づいてきたころ、彼は運動機能の低下から麻痺状態におちいり、ほとんど目が見えなくなった。床ずれが骨にまで達した。何日も焼けつくような高熱に襲われ、症状の出現がくりかえされるたびに衰弱していった。そしてまもなく固形物を食べる能力を失い、挿管処置で栄養分をとりこまなければならなくなった。

じりじり悪化するジャン・デイヴィッドの病状がもたらす心理的圧迫の強まりに耐えかねてマーガレット・レネは心の支えを夫に求めたが、夫のほうもまた大変な苦況に投げこまれていた。ほとんど口をきかなくなり、大酒を飲みはじめていた。会社での問題で強制的な長期休暇を余儀なくされたのだ。彼は深夜にベッドから起き出し、なにも告げずに外へ出かけていくようになった。謎めいた外出は数分から数時間までさまざまだった。夜が明けてもしばらく戻ってこないことが何度かあった。当初、家に戻ってきた彼は、長時間のドライブに出かけて頭をすっきりさせてきたのだと説明していた。そしてまもなく説明しようともしなくなった。

浮気しているにちがいないとマーガレット・レネは思っていたが、彼女の頭のなかには衰弱していく息子のことしかなかった。できるかぎりの慰めを息子に与える以外のことは枝葉のことでしかないような気がしていた。

ついにジャン・デイヴィッドは回復の見込みのない重い肺炎を発症した。このころにはもう、マーガレット・レネがベビーベッドのそばで唱える苦悩の祈りは救命の奇跡を求めてのものではなく、神様が息子の苦しみに終止符を打ち、慈悲深い死をお許しになることを願ってのものになっていた。

彼女の嘆願は聞き届けられなかった。ジャン・デイヴィッドはさらに何週かもちこたえた。

そして生まれてちょうど十六カ月目に、彼は息をひきとった。

息子の命の火が消えて一年たらずでマーガレット・レネの結婚生活も破綻した。自分の生物学的欠陥に罪を感じたのだろうか？ そしてその罪を、偶然の組み合わせによって苦痛にさいなまれる不運な子どもをつくった結婚相手に転嫁したのだろうか？ 夫が彼女にいだくようになったらしい憤りと嫌悪の情をほかにどう説明すればいいのか、マーガレット・レネにはわからなかった。夫はベッドにはいっても背中を向けて寝た。結婚生活に関するカウンセリングも拒み、激しい口論のなかでほかの女に会ってきたことを白状した。その女に恋していると彼はいった。新しく人生をやりなおしたいといった。離婚したいといった。

そして彼女のもとを離れていった。

十年前のことだ。

マーガレット・レネが独り暮らしに引きこもってから十年が過ぎた。

七十歳でなおかくしゃくとしているエリッサは、高価なシルクの室内装飾用品や椅子やソファの背や肘掛けカバーをこぎれいに保って修繕をほどこし、紫檀（したん）のアンティーク家具をつややかに磨き上げ、クリスタルのシャンデリアや象牙の小像や中国の骨董品からきちょうめんに埃を払って旧世界の優雅な雰囲気を保っていた。必要なときには修理や保存の専門家に助けを求めた。

しかしマーガレット・レネにとって、この屋敷は冷たい陰気な要塞になっていた。息子の葬儀から戻ったあと、彼女は火葬した遺骨の壺を大広間にある暖炉のマントルピースの上におき、その上の金縁の鏡を厚い布でおおった。苦痛をよみがえらせたくなかったからだ。彼女の強い主張により、それは現在にいたるまでそのままになっている。かつて彼女に慰めを与えてくれた先祖たちの油絵の肖像画も、最近は、静かな部屋や廊下を歩きながら葬られた願いや灰になった愛を思い起こしている彼女をきびしい目で壁から見下ろしているような気がした。

ほんのときたまだったが、マーガレット・レネはロイヤル通りを見晴らすバルコニーに出て練鉄製の手すりから身をのりだし、下を通り過ぎていく街の住人たちをながめて彼らの会話を想像し、すでに人生の苦い教訓に焼き焦がされているのはどの人か、まだこれからそれを学ばなければならないのはどの人か見当をつけようとした。しかし彼女がそれ以外で外の空気を吸うことはめったになく、いきおいエリッサは食料雑貨店に注文をして彼女のさまざまな必要を満たしていた。

だがマーガレット・レネに世捨て人になるつもりはなかった。この家が何世代もかけて蓄積してきた豊かな財産を両親から託されていたし、相続した資産の管理と保護をしなければならなかった。彼女はいまも、弁護士や不動産管理会社、投資顧問をはじめとするひと握りのエリートたちと断続的に連絡をとっていた。古い金には古い秘密がある。極秘のものも。両親やその両親たちと同じようにマーガレット・レネもかねてからその点は心得ていた。彼女はある種の男たちと面識があった。ある種の段取りができ、ある種のサービスを提供することができ、ふつうの人間なら違法とか禁じられた行為とか思いそうなある種の要求に応えることのできる男たちだ。彼女の父親は彼らのことを世話人と呼んでいた。彼らの名前が人前で口にされることはないが、決して忘れられることもなく、マーガレット・レネは彼らとのつながりを維持することに心をくだいてきた……とりわけ、あるひとりの人物と。

じかに会ってのやりとりは避けたかったし電話では落ち着かないので、彼女はデスクトップのコンピュータを購入してたちまちその操作に習熟し、ネットを使った通信に精力をそそいだ。夜遅い時間に机の前で電子メールを読んで返事を書いた。それが終わってもそのまま接続を切らず、最近どんどん強く心を奪われるようになってきた別の楽しみに熱中した。

彼女はブラウザを使って人間の遺伝子病関連のウェブ・サイトがたくさんあるネットディレクトリーを探しては集めていった。そこにはたいてい関連情報の供給元につながるハイパーリンクがついており、多くには伝言板やメール・アドレスがあって、患者の家族たちの私的な経験にもとづいた情報と助言を共有することができた。

好奇心のおもむくままに伝言板をさまよい歩く秘密の訪問者となったマーガレット・レネは、介護の選択肢や治療、試験的な治療法、いつか治療法の発見につながるかもしれないゲノム研究の進展といった問題に関するページ一覧をはしごしていった。それらを熟読し、伝言をひとつひとつ読んでいった。圧倒的多数を占める楽観的な考えかたに喉元まで苦い汁がこみあげてきた。

そして葬られた自分の願いを思い起こした。

灰になった自分の愛を。

マーガレット・レネはこれは思いやりと善意の行為なのだと自分にいい聞かせて沈黙を破り、いつわりの励ましにだまされていると感じた人びとに自分から電子メールを送ってやろうと決意した。

自分の動機が誤解を受けたり相手に憎まれるかもしれないのは承知のうえで、匿名でメッセージを運ぶリメーラーを使い、受取人が返事をよこしたり差出人の正体を追跡できるたぐいのデータをすべて削除してメールを書いた。

試験的な薬を使ってグロボイド細胞白質ジストロフィー（ＧＣＬ）の治療を始めようとしている女の赤ん坊の母親に、〝いますぐその子を殺しなさい。絶対によくなることはありません〟と書き送った。

同系統の神経異常をもち、病気の進行を止めるために骨髄移植のドナーを探している若い青年の両親には、〝外科治療は実を結びません。無用の痛みを味わうのはやめて運命の必然に身をゆだねなさい〟と書いた。

これまたＧＣＬでかなり病状の進行している子どもの両親には、〝終わったあとの心の準備をなさい。自分たちの情熱が生んだ恐ろしい果実を目のあたりにしてきたあなたたちのあいだには激しい嫌悪のくさびが打ちこまれるでしょう。信頼関係がずたずたになる前に平和的に結婚を解消なさい〟と書いた。

その場しのぎ的な助言をしていたある医者には、〝見え透いた嘘はおやめなさい。あなたは他人の苦しみを利用して金儲けをする汚らわしい吸血鬼です〟と書き送った。

最初のうちは切れぎれの投書だったし、頭のなかに過去の出来事がふつふつと沸き上がってきて心が休まらない夜に限られていた。ところがここ何カ月かでマーガレット・レネは徐々にこの行為におぼれるようになってきた。時間に関係なく、なにかにとり憑かれたように夢中でコメントを書き、ふと気がつくと夜明けをむかえていた。

夜が明けてレースのカーテンのすきまや、後ろの窓の近くにあるベニオオギヤシの上から光が射しこみ、部屋じゅうにパルメットヤシの葉の扇形の影模様をが浮かぶにいたって、ようやく彼女は床についた。年を取るにつれて必要な睡眠時間が減ってきていた彼女は正午前に目をさまし、エリッサの用意した軽い朝食を食べた。次にコンピュータの前にすわってネットに接続するときのことを考えただけで期待に胸がふくらんだ。

闇が降りるとまず最初に財務関連の未読メールをチェックして、必要なら急いで返事を出し、しかるのちに匿名の投書に移った。日中に頭のなかで組み立てておいた憐れみの送信文を打ちこむのがマーガレット・レネの日課だった。

今夜までは。

今夜の出来事ですべてが変わった。

いまマーガレット・レネは、コンピュータの前で口を開けたまま画面を凝視していた。ほんの数分前、いつものように代理サーバーへの接続を完了し、暗号文の電子メールが一件届いているのに気がついた。彼女の目はたちまち大きく見開かれた。匿名アカウントでメッセージを送ることができるデジタル・キーコードを教えた相手は、この世にひとりしかいない。父親と元夫の両方が取引をしていた無類の力をもつ世話人だ。

興奮に手を震わせながら、彼女は復元キーを打ちこんだ。

電子メールの内容は簡潔だった。

〝潜伏体（スリーパー）〟覚醒。

料金：五〇〇〇万ドル。

一週間以内に追って指示をする。

マーガレット・レネの脈が速くなった。一年ほど前、暗号化されたリンクの秘密のチャット・ルームでこのメッセージの発信者は彼女にある質問をよこし、彼女はそれをたんなる仮説と解釈してきわめて率直に返事をした。

そのときのやりとりを彼女は正確に思い出すことができた。

〝グロボイド細胞白質ジストロフィーのあらゆる子どもを子宮にいるうちに始末できるとしたら？〟

〝すばらしいことですわ〟

〝保因者の親も死ぬとしたら？〟

〝それがいちばんでしょう〟

〝それがあなた自身のことだとしても？〟

〝いっそうけっこうです〟

この話はこれでおしまいになった。男は接続を切り、それからしばらくのあいだ彼からマーガレット・レネのもとへはなんの連絡もなかった。だが、この男の探りを入れるような質問はその後も彼女の頭を離れずに浮かんだり消えたりをくりかえしていた。どうしてあんなことを訊いてきたの？　説明してほしくてたまらなかったが、自分から説明を求めるほど彼女は愚かではなかった。向こうから追ってなんらかの説明があるはずだ。

数カ月が過ぎたころ、その〝潜伏体（スリーパー）〟計画に関する驚くべき通知は、電子メールに添付されて彼女のもとに届いた。強い関心と信じられない気持ちが交錯するなかで、マーガレット・レネは前回の通信時に彼がなにを考えていたのかをようやく理解した。あの男が製造に成功したと主張しているものは、彼女の想像をはるかに超えているような気がした。切なる願いどころでは表現できないもののような気がした。

この申し出の日時と条件については後日の連絡を待ち、無効にならないよう当座はいっさい連絡を控えるよう勧告を受けていた。とにかくマーガレット・レネはそれにしたがうことにした。そしてなんの連絡もないまま数日が数週間になり、成功したといっていたがやはりまだ時期尚早だったのだと自分を納得させはじめていた。あの男が彼女の家族の期待に添わなかったことはこれまで一度もなかったが、こんどばかりは勇み足だったのかもしれない。

そして、今夜……

今夜……

コンピュータ画面が発するぼんやりした光を細い顔に受け、胸をどきどきさせながら、マーガレット・レネは夢のとばくちに静止しているような気分を味わっていた。

そう、今夜、ついにすべてが変わったのだ。

＊

〝潜伏体（スリーパー）〟覚醒。

料金・五〇〇万ドル。

一週間以内に追って指示をする。

アラブ人の精神は実用的かつ具体的にみずからを表現する傾向がある。スーダンの国務大臣アリフ・アルアシャーは電子メールに添付されてきたコンピュータ画面上の通信を読んで、〝事にあたって道を誤るなかれ〟という警句をぱっと頭に思い浮かべた。

彼が悩んでいるのは、自分の前にある複数の道はどれも純銀で舗装されたかのようなすばらしい魅力に輝いているからだった。

さて、どれに足を踏み出せばいい？

彼の属する首都ハルトゥームの政府は国土の南にいる反逆者たちと何十年にもわたって交戦を続けており、彼らの抵抗は革命後に課せられたイスラム法の厳格な戒律と社会慣習に由来する聖法（シャリーア）の受け入れに抵抗してきたディンカ族によって煽り立てられていた。この異教徒たちは野蛮な祖先の精霊信仰や過去数世紀に使節団によって広まったキリスト教に固執し、一部自治権もしくは完全な分離を求めていた。どちらを求めるかは、数多い派閥集団のどれに留意するか、どの集団がいつ要求をするかによる。そしてその要求も、指導者と同じくらいたびたび変化があった。

これは、いつからあったかアルアシャーが思い出せないくらい遠い昔から続いている泥沼的状況だった。ある時期ディンカ族は、白ナイル流域の河川平野にある牧草地帯や水源を共有していてしばしば反目しあってきた隣のヌエル族と手を結んだことがあった。

ハルトゥームの政府は仮借のない手段でゲリラ活動の鎮圧にのりだし、陸軍と空軍の部隊をその地域に配備して、国連の監視団や、アメリカＣＩＡの手先なのが明らかないわゆる人道的支援組織の代表者たちにも、この地域への立ち入りを禁止した。無知で厚かましく雑種の弱みをもつ欧米人は、国内の安全を守る権利や政治的に統合された真に高潔な社会をもたらす文化的浄化に着手する権利を行使した国を、たちまち非難してくる。

それどころかわが政府は、あの南部人たちの無政府主義的な行為には必要がないくらい寛大な措置をとってきた、とアルアシャーは思っていた。反政府ゲリラたちに支援を与えた村々を撲滅したさいにも、女、子ども、年寄りは刑をまぬがれた。狩り集めと村人が呼んでいる活動によって草ぶきの粗末な小屋から運よく集められた彼らは、移転キャンプに移され、そこでは集められた者たちの健康に大きな注意が払われていた。放っておけば反逆者たちの信条に共感している家族の語る嘘や歪曲に感化を受けていずれ反逆者集団の一員になるに決まっている少年たちは、隔離施設に送りこんだ。エチオピアや、ケニヤ、エトルリアに逃亡した南の難民たちはこれを誘拐とか拉致と呼んでいたが、この施設で彼らは適当と思われるアラブの名前を与えられ、イスラムの聖なる道を教えられ、徴兵の年齢に達すると同時に忠実な国民軍の一員になるべく訓練を受けた。寛大な措置ではないか？　りっぱに節度を守っているではないか？

秩序を打ち立てる努力をハルトゥームが重ねてきたにもかかわらず、反逆者たちはあくまで公然と抵抗を続けていたが、ディンカ族とヌエル族の指導者のあいだに政治的な論争が勃発して彼らのスーダン人民解放軍（ＳＰＬＡ）は分裂と弱体化の憂き目にあった。土地と水の権利をめぐる昔からのあつれきが再燃し、やがて一度は手を結んだ者どうしがたがいにカラシニコフを発砲しあうはめになった。

政府軍はこの機に乗じて砦の裂け目にはいりこみ、反乱部隊が入り乱れている敵のベースタウンを占領した。旱魃と飢饉が地方に広がってさらに反乱を弱体化させたこともあり、スーダンの法律上正当な統治機構——アリフ・アルアシャーの属する国民議会党——は、ついに反乱を鎮圧できるかもしれないと奮い立った。南部への水や穀物や薬品の空中投下を許可したのは、すぐに話を真に受けるアメリカとヨーロッパのマスコミにディンカ族の難民の話が喧伝された結果生じた国際的な怒りの声を静めるためでもあった。

しかし、救済物資の許可を出したのにはもうひとつ戦術的に都合のいい理由があった。

やはり旱魃に打撃を受けていた北部のヌバ山地が政府に明白な問題を投げかけていた。高地の山間や峠から潜入してきた一群のSPLAが、ヌバ族の住む離村近くのばらばらの拠点に塹壕を築いていた。ヌバ族は概して内戦への参加を手控え、南の部族の独立の願いにもアラブ人のイスラム教への傾倒にも与せずにきた土着の住民だ。食糧をはじめとする必需品がこれらの平野に届くのを許可すれば、備蓄にとぼしいヌバ山地の反逆者たちは補充のために潜伏場所から出てくるかもしれない。政府はその可能性に賭けた。それに、ヌバ族の人びとは武装による脅威をもたらすことはないとはいえ、シャリーアの受け入れを拒んでおり、種族的にもSPLAに近いことから、有害で潜在的に不穏な存在だった。彼らも村から移転キャンプや政府の掌握している町へうまく移したいと、ハルトゥームの政府は願っていた。

攻撃ヘリや陸軍襲撃部隊ではずみをつけたこの作戦は価値ある結果を生み出した。そんなとき、またべつの複雑な状況がもちあがってきた。

ここ三年のうちに、ディンカ族とヌエル族の長老たちの主導で一連の部族間会議が始まったのを機に、ささいなことでいさかいを起こしていた反乱分子の党派が和解にこぎ着けた。それと同時にアメリカとその国連同盟国はハルトゥームにたいする外交圧力を強めてきた。ヌバ族への救援物資投下を認め、南の人びととの平和協定を仲裁裁定にゆだねろというのだ。アラブ、アフリカの仲介者を使うだけでなく直接の圧力もかけてきて、いつもの経済制裁もちらつかせてきた。とりわけスーダンと長い国境を接し、両国を流れるナイル川の水に商業輸送と農業がかかっているエジプトにとって、スーダン南部が非アラブの敵対する可能性を秘めた独立国家に分裂するというのは薄気味が悪い。そして、アメリカの経済的、軍事的支援を失う危険を冒すわけにもいかない。だからエジプトは、長引く内戦に歩み寄り的な解決法をうながしてきた。

何十年にもわたる闘争と自然災害で疲弊し、戦闘を手詰まりにしがちな反政府勢力再結集の動きに直面し、宗教的保守派と議会内の非宗教的改革主義者との不協和音で分裂をきたしていたハルトゥームは、しだいに増えてくる要求を条件つきで呑み、反乱者たちとの和平の話し合いに突入した。その正式な協議事項は、これまで明文化されたことのないレベルの自決権を南部に認めるかどうかだった。

この動きを黙認している政府に不満をおぼえていたアリフ・アルアシャーとその仲間の保守派小集団は、この重大時にあたってひそかにもっと好ましい選択肢を探そうと血眼になっていた。アリフ・アルアシャー自身は、闇市場の武器や技術や、彼が長年にわたって提携してきた特務戦闘団を一手にそろえてくれるサービス業者に連絡をとった。その結果が、いま彼のコンピュータ画面に現われ、消えていこうとしているメッセージだった。

そしてアルアシャーには次の疑問が残った。輝いているどの道をたどるべきか？

政府の正式な承認を得ていないため、資金は内密に確保しなければならない。流用が目につかないうちに現在の予算からかき集めるには限度がある。議会内にいるアルアシャーの同盟集団のなかの裕福な人々は追加金の提供を約束してくれるだろうが、それでもあの製品の値段には充分でない。彼はむずかしい選択を迫られていた。

画面上で添付ファイルがみずからをむさぼり食うところを見つめながら、彼は舌打ちをした。サハラ以南のアフリカにいる全住民を襲うような全大陸的な病気を発生させずにディンカ族とヌエル族だけを根絶やしにしたいが、発病させるための引き金がひとつだけの場合、両部族だけに共通する遺伝子や遺伝子群に狙いを定めなければならない。

しかし、民族のたどってきた過程や、何世代にもわたって近いところで暮らしてきたことでそのような遺伝標識の交換が起こっていたとしても、伝統的に部族間の結婚は敬遠されてきた。だから、独特の遺伝特性を共有している、つまり感染の可能性が高い部族員の数は、アルアシャーが望んでいるほどではないだろう。となれば、費用は一億ドル以上になるが、満足できる結果を確実に手に入れるには最低ふたつの引き金が必要になる。

だが、片方の部族だけを——たとえばディンカ族だけを——標的にするとしたらどうだ？　思案顔のアリフ・アルアシャーの額にしわが刻まれた。これがいちばん有益な方法かもしれない。この感染はすさまじい勢いで彼らの人口を削減しながら、血のまざりあったヌエル族にもかなりの犠牲者を出すだろう。そうなれば仲介を受けて南に全面的もしくは部分的な独立を認める条約の影響力は弱まるし、生き残った者たちも仲間を失った心の痛手で当面のところ北に脅威を与えることはできまい。同時にハルトゥームは国内のあつれきを交渉で解決する意志を示したことで、世界におだやかな顔を向けることができる。それに、引き金が手にはいるかぎりはヌエル族を別個に始末するという選択肢も残される。

アルアシャーの目の前に見えている三本目の道は、最初はあまり訴えてくるものがなかったが、手の内から捨ててしまう気にはなれなかった。もしヌバ族のあいだに病気が大発生すれば、スーダンの北部からきわめて好ましいレベルにまで民族的、文化的な不純物を取り除くことができる。打ちのめされた山岳居住者たちへの海外からの援助を認めてやれば、新たに政府の寛容さを実証し、人権に無関心と思われている姿勢への批判を弱められるかもしれない。

南との話しあいが始まったとき国際的な調停者たちは、強硬路線の南に与(くみ)する姿勢は救援物資供給源の入手経路をふたたび閉ざしかねないことを黙って理解せざるをえなくなる。欧米がハルトゥームにたいする政治的てこに利用してきた人道主義的問題は、彼ら自身の頭上に振り上げられた槌になるだろう。

思案顔で、白いエンマにおおわれた下の額にしわを刻みつけながら、アルアシャーはコンピュータのそばでいい色になってきたシャイ・サアダと呼ばれるスパイス・ティーのカップに手を伸ばした。目をつむり、渦を巻くようにたちのぼる湯気を吸いこんでから、最初のひと口を飲み、湿った暖かい感触をほおで味わって、丁子(クローブ)とミントのかぐわしい香りとそれが鼻腔に残すひりりとした心地よい刺激を味わった。

用心は安全の母、急(せ)いては事をし損じる、と彼は思いにふけった。仲間たちと相談して決断をくだす時間はまだ残っている。

さしあたりアルアシャーは、大きく開けた可能性を——複数の道が明るい銀色の光に輝いて、まだ見えてはいないがもっと明るいその先の交差点まで延びている感覚を——じっくり味わうつもりだった。

そこからどこに導かれることになったとしても、その旅は決して忘れられないものになることだろう。

9

二〇〇一年十一月六日　国コード名：ケープ・グリーン

訪問者がこのホテルにチェックインして五日になる。ダイヤと武器を交換する取引が終わるまでまだ二日ばかり滞在する必要がありそうだった。この国では値切りの交渉は娯楽のひとつだし、単純な取り決めは無用のとめどない混乱をもたらすのがつねだ。しかし大量の宝石を手に入れなければならない。とりかかった仕事はかならずやり遂げる。

それに予想できなかったわけでもない。

交渉相手のアントワーン・オーベンは残忍な悪党で、内戦でできた裂け目が修復しきらないうちに狡猾な手管を使って公の地位を手に入れた反逆的な軍指揮官だ。いまはこの国の首都で警察長官をつとめている。あの男のエゴを満たし、あの男がなにより好きな権力を合法的にもたらす肩書だ。しかし、この街をわがもの顔に闊歩し地方の豊かな鉱山を武力で握っている無法な武装組織を、あの男はいまでも影から操っている。

政権がたびたびで交替し、おおかたの軍指揮官が暗殺による死という運命をたどるこの国で、このしぶとさは称賛に値する。

いずれにしても、終わりの見えない厄介な交渉へのいらだちをやわらげてくれたものは、最高級ホテルの便利な立地と、外交や商用でやってきた旅人に提供されるとびきりのサービスだけだった。

厳格な規律を旨とするこの訪問者は、緊密なスケジュールを好むところがあった。ホテルに到着した翌日から彼は、部屋の外にほとんど人間がいなくて室内プールを独占するのにいちばん都合のいい朝六時からひと泳ぎした。これはひとりの時間をなかなか得られない人間が、護衛のいないところでくつろいで体を動かせる唯一の機会だった。

自分の部屋から十二階の娯楽エリアへエレベーターで上がったあと、スポーツジムと日光浴室のあいだにあるロッカールームで水泳用のトランクスに着替え、シャワーで体を洗ってからガラスに囲まれたプールまで連絡通路を歩き、きっかり一時間のあいだ何度も水路を往復する。

一日目はおしゃべりなオランダの銀行家が彼のひとりの時間に割りこんできて、〝ひと泳ぎ〟のあとホテルのレストランで朝食をごいっしょしないかと誘ってきた。彼は見知らぬ人間との交流を避けて手短に断わり、男が引き返すまで無視を決めこんだ。

その後の三日間はプールにはだれもおらず、心ゆくまで往復を楽しむことができた。そしてけさ、ロッカールームにたどり着いた彼は、ふたたび招かざる同席者に遭遇した。

いつもどおり油断なく警戒をして、なかにいる男たちにさっと目をやった。ふたりの男はどちらも健康そうな締まった体つきで、三十代なかばに見えた。ひとりは金髪で、もうひとりは茶色い髪をしていた。どちらも運動用の服を着ており、仲のいい友人か同僚どうしといったうちとけた雰囲気でアメリカ英語をしゃべりあっていた。金髪の男の見かけにはいくぶん荒っぽい感じがあり、薄い髭を生やしていた。ふだんの外出用の服をていねいにロッカーに掛けている。連れのほうはベンチに腰かけたままスポーツバッグから必要なものをとりだしていた。すぐ横に折りたたまれたタオルとスポーツドリンクのボトルがあった。

一見したところでは典型的な人種だった。外国から接待に招かれたビジネスマンだ。自分の独占地のつもりでいた場所への侵入者という以上の特別な関心はおぼえなかった。

しかし、周囲の環境からなにか手がかりを得るという無意識の感覚を彼は信じていた。そしてこの空気のなかには注意をうながすなにかがあった。

入口の内側に立つと、男たちは儀礼的な会釈をした。返礼はせずに彼らを心に留め、ふたりの会話に耳のアンテナを向けながら入口にいちばん近いロッカーに向かった。

「こっちのタクシーときたら、まったく、空港から乗ってきただけであざができちまった。それにあの運転手、少なくとも二回は砂利にはまりかけたぜ」一日剃ってなさそうな無精髭の男がいった。そしてあくびをした。「会議に間に合わないかと思ったよ」

ベンチに腰かけているほうの男が楽しげな表情を浮かべた。「だから、おれの忠告を聞いてメーターつきのタクシーを使えばよかったんだよ。免許をとらないとメーター・タクシーの運転手にはなれないからな。身分証も表示しているし」

「それでどうにかなるなんて、ただの幻想だよ。まさか、こっちの保険会社がちゃんと支払いをするなんて思ってるんじゃないだろうな？　そもそもこの国に保険会社があるとすればの話だが」

「ないかもしれんが、車のなかで投げ出されたってだれに悪態をつけばいいかははっきりするじゃないか」

無精髭の男は歯をむいてにっと笑い、フックに掛かったズボンを調節するためにロッカーのなかへ手を伸ばした。もうひとりのほうの手はバッグに戻ろうとしていた。

早朝に泳ぎにきた男がいきなりロッカーの前を離れ、ドアの外へ引き返した。

なかにいた二人組がさっと視線を交わした。

ベンチにすわっていた男がスポーツバッグから二二口径ＮＡＡブラック・ウィドウをつかんだ手を抜き出して、はじかれたように立ち上がり、五発入りの小型回転式拳銃をスウェットシャツの下の腹帯にさっと差しこんだ。

同時に無精髭の男が扉を大きく開け放ったままロッカーから振り返った。ズボンのポケットから自分で選んできたピーカブー銃、ベレッタ９５０ＢＳセミオートマチックをホルスターに収まったまま抜き出した。そして銃がすっぽり隠れるホルスターをだぶだぶの運動用ズボンのポケットに押しこんだ。

両名とも入口に駆けこんでから勢いを弱め、廊下に出て左右を見渡した。泳ぎにきた男のいる気配はどこにもなかった。

ふたりは左右に分かれた。あまり速く動きすぎないよう両名とも自分を抑えていた。泳ぎにきていた男が、このふたりとは関係のない理由で――そう願いたい――逆戻りしてきたとしても疑われないように。

三つエレベーターが並んだところにたどり着くと、茶色い髪の男は扉の上の階数表示をちらりと見た。両端のエレベーターの数字は点灯していなかった。まんなかのエレベーターは降りてくるところで、11の数字と下を示す三角が点灯していた。静止中のエレベーターがこの階にいないことを確かめるために、男は呼び出しボタンを押した。泳ぎにきた男がなかに身をひそめることで別のエレベーターに乗ったように見せかけ、追っ手をやりすごそうとしている可能性もあるからだ。なかでじっとしていて、彼らにべつのエレベーターを階段から追いかけさせるために。

そうではなかった。

右と左のエレベーターはどちらも地上階の入口ロビーから上がりはじめた。だれも乗っていないのは明らかだった。

茶色い髪の男はまんなかの扉の上の表示パネルに目を戻した。

8の数字がぱっと点灯した。

7、6、5……

エレベーターは四階で止まり、表示のランプが点滅して消えた。

茶色い髪の男は眉をひそめて廊下の相棒に目をやり、首を横に振った。

「くそっ」と彼はつぶやいた。

〝山猫〟はねぐらに退却を果たしていた。

「どこでへまをしたのかわかりません」金髪の男が手に持った無線に説明をしていた。

「一度はロッカーに向かって入口を通り抜けてきたんですが、すぐに出ていってしまいました。さっとはいって、さっと出ていってしまいまして……」

「気にするな」トム・リッチは通信用のヘッドセットに告げた。とりつけた監視マイクでロッカールームのやりとりが聞こえていたから、しくじったのも無理はないと思っていた。たしかに正体を隠して知っていることだけを話し、自然な態度を保っていた。むしろ彼らは才気走りすぎたのだ。

無線に沈黙が続いた。そのあと、「このあと、どうしましょう?」と質問がきた。

リッチはひとつ息を吸った。彼はギャラガー、トンプスンというふたりのスパイ技師といっしょに、通りをへだててあのホテルと向かいあっているオフィスにいた。諜報活動の橋渡しをする人物から急いで借り受け、この数日偵察基地にしてきた部屋だ。

「そのままホテルにいろ」リッチはいった。「追って連絡する」

ふたたび沈黙が流れた。通信相手の金髪の男はリッチの指示が意味するところを理解した。彼と相棒の任務はおしまいということだ。この活動から切り離され、産声をあげはじめたRDTから近いうちに放免されるのだ。おやすみ、元気でな、またいつか会おう。

「わかりました」と、金髪の男は答えた。盗聴防止用に人間の声から抑揚を奪うデジタル処理をほどこされているにもかかわらず、そこには後悔と失望の思いがにじみ出ていた。

リッチは接続を切ってヘッドセットをトンプスンの手に戻した。拉致班には同情しないでもなかったが、彼らの傷心は彼の最大の関心事ではなかった。あのホテルで好機を逸したとなると、リッチと彼の率いる特別隊の状況はさらに大きく困難の度を増すだろう。

アントワーン・オーベンの側近にいるスパイからの信頼できる情報にもとづいて、彼らはル・シャ・ソヴァージュが――山猫が――この国に到着した瞬間から、あのテロリストの監視を休みなく続けてきた。じつをいえば、彼らの作戦のモデルになったのは、半世紀前にイスラエルの秘密情報機関であるモサドがナチス将校のアドルフ・アイヒマンをアルゼンチンの安全な避難所から拉致したときの手法だった。簡潔な計画と実行によってその作戦は成功を収めた。小さなチームが標的の行動パターンを観察して、絶好の機会がおとずれたときに身柄を拘束し、急いでその国を脱出する。目撃者も、大騒ぎも、混乱もなく。

しかし、過去と現在のシナリオには大きな違いがある。イスラエルの諜報機関は自国政府と良好な政治的関係をもつアルゼンチンの役人たちからなんの妨害も受けずに何カ月ものあいだ標的を尾行することができた。アルゼンチンは自分の国で彼らがどんな活動をしているかを知りながら、彼らに一種の消極的な支援を与えてくれていた。対照的に、リッチのチームの任務遂行にはそういったおだやかな環境はなにひとつなく、必然的に計画は急いで立てなければならなかった。人員にも設備にも事欠いていた。リッチたちがいるのは、アメリカときわめて頼りない外交関係しかなく、国務省のいうテロリスト支援国のリストからつい最近はずれたばかりの国だった。首都警察のトップにいるのは、恥知らずにもカート（アラビア・アフリカ産のニシキギ科の常緑低木で、葉を麻酔剤に用いる）を嚙む泥棒や掠奪者の集団と結託して権力を振るってきた、金で動く心のねじ曲がったろくでなしだ。そしていちばん重要なことだが、〝山猫〟はその男からじきじきの招きを受けてこの街に滞在しており、オーベンが意のままに命令できる警察と無法な武装組織の両方から保護の恩恵を受けていた。

リッチが率いるチームには厄介な状況だった。非常事態におちいっても救済措置を求められるアメリカ合衆国の連絡員はいない――ひとりもいない。頼れるのはもっぱら自分たちだけだ。

虎穴に入らずんば虎児を得ず、とリッチは心のなかでつぶやいた。

トンプスンが多重送信機からリッチのほうを振り返った。

「次はどうします？」技師がたずねた。

リッチは椅子に背をあずけた。この質問への答えは、〝山猫〟がなにに気づいたか、もしくは気づいていないか、さらにはどの程度の疑念をいだいているかの判断にかかっていた。つまり、金で雇われる殺し屋であり国際的な逃亡者である男の皮をかぶる必要があるということだ。恐ろしいのはいとも簡単にその男になりきれてしまうことだった。いとも簡単すぎて、ボストン警察で秘密捜査にあたっていたころ、彼はあやうく機能不全におちいりかけた。そのため精神に問題をきたし、とうとう〈特捜隊〉からの異動を願い出るはめになった。

おまえが〝山猫〟なら、どうする？

ロッカールームで話に出ていたのが天気やホテルの食事のことだったら、つまり、なかでふたりの男が交わしていたのが、父親のつらさや、家の改修、締め切り期限といったありふれた話だったら〝山猫〟はほとんど彼らに注意を払わなかっただろうし、あの男の泳ぐ準備がととのったときおそらく予定の手を打つことができただろう。ところがあろうことか、現地のタクシーのサービスにたいする不平を彼らは選んだ。リッチにさえ納得のいかない選択だった。会議のためにこの国にやってきて贅沢な最高級ホテルに滞在していくアメリカ人は、どんな会社の代表であれそれなりの人間のはずだ。空港ターミナルには迎えの車が待っているにちがいない。そして招いた側の会社に雇われている運転手からは王族のような扱いを受けるはずだからだ。

よかろう。ふたりの世間話が嘘臭かったから獲物はそれを敏感に感じ取ったとしよう。しかし、そんなふうにもてなしのいいホスト役ばかりとはかぎらない。空港からタクシーで来たというのもありえない話ではないし、疑いの余地のない決定的な警告をもたらすようなことを——たとえば、火器をとりだすのが早すぎたとか——彼らがしたわけではないような気もする。山猫が姿をくらますほど決定的な手がかりだったか？　莫大な利益をもたらす交渉が詰めの段階にはいっているのにそれを捨てて姿をくらますほどの？　それともあの男は、警戒を強めて商談のペースを上げ、取引をまとめてから国を出ることにするのだろうか？

リッチは天井を見つめ、無言のまままさらにしばらく考えこんだ。違法なダイヤを握っている感触、その重さとなめらかさ、禁制の宝石をぎゅっと握りしめている指の感触を想像した。

椅子にすわったまま前に身をのりだして、トンプスンとギャラガーを見た。

「予備の選択肢に移行する」彼は告げた。「万一にそなえ、要撃チームに空港その他の逃走経路を監視させておこう。しかし、まずまちがいない。おれたちの獲物はもう一度オーベンを訪ねるまでは、どこにも逃げはしない」

リッチの読みは当たった。

〝山猫〟が姿を現わしたのは午後の遅い時間だった。先に立ったふたりの護衛がホテルの入口を出て通りの左右を見渡し、危険をもたらしそうなものがないか確かめた。片方の男が手で控えめな警報解除の身ぶりをすると山猫が歩道に姿を現わし、その二、三歩後ろにさらにふたりの護衛が続いた。

数分前に警察の車両が五台、列を連ねて入口の前に到着していた。うち二台は標準的なパトカーで、その後ろにはフレームからエンジンまで弾道と爆風に耐えられる炭素繊維のモノコック構造を採用したディーゼル車が続いていた。この装甲つきの大きな四輪駆動車が縁石の前に停止すると、制服を着た乗員が何人か出てきて胸の前でどっしりと腕組みをし、重厚な側面に体をもたせかけた。

ホテルから出てきた一団はまっすぐ装甲車に向かった。わきに立っていた制服のひとりが後部扉を開け、山猫は最初にホテルから出てきたふたりの護衛に挟まれるかたちで後ろへ乗りこんだ。もうひとつの二人組はドアが閉まるまで車のそばに待機し、それから先頭のパトカーに乗りこんだ。

通りをへだてた向かいのオフィスにいたリッチと技師たちは、下ろした日除けの向こうから、ダウンタウン地域を二分する二車線道路にはいって東に向かいはじめた車両隊を液晶パネルで観察していた。映像は窓ガラスに吸着された一八〇度追跡可能な偵察レンズから送りこまれていた。

監視所の壁の上のほうに張りつけられた街の地図をリッチはちらりと見た。東には警察本部がある。オーベンの不正行為の公の巣だ。地図のその場所は赤い螢光ペンで丸くかこんで際立たせてあった。オーベンの秘密の揺りかごはダウンタウンの西の地域にある。その座標を示す青い丸の上にリッチはペンで〝悪の中枢〟と書きこんでいた。

彼の額のまんなかに一本の縦じわが刻まれた。観察してきたなかに納得のいかないことがわずかながらあった。監視されているかもしれないと〝山猫〟が疑っているのなら、なぜホテルの前からのこのこ出てきて、随行団にかこまれたあんな人目につくやりかたで警察署に向かったのか？

「〝悪の中枢〟の近くにいる襲撃隊に、一行がそっちに向かっていると警告を出せ」リッチがふいにトンプスンに命じた。

トンプスンは椅子にすわったままくるりと回転してリッチを見た。

「了解」彼はとまどい気味の声で答えた。そして目が壁の地図に向かった。「しかし――」

「おれにもそいつは見えている」リッチはいった。「ホテルの前の出来事はみんなまやかしだ。スリーカードモンテ（卓上に伏せた三枚のカードを早業で入れ替えて特定の一枚を当てさせる賭け）みたいなもんだ。山猫は警察本部に到着するが早いか裏口から抜け出して別の車両に乗りこむはずだ」リッチはひとつ間をおいた。頭がめまぐるしく回転していた。「追跡車のうちの一台を引き続きあいつにつける。あとの車は警察署の外に待機させて、おれたちを出し抜いたと獲物が満足できるくらいはっきりめだたせてやろう」

トンプスンの顔に納得の表情が浮かんできた。彼は勢いよくうなずいて多重送信機に向き直った。

リッチはほおの内側を噛んで、すべての塁をカバーできたかどうか確認するためにさらに考えを凝らした。そして椅子から立ち上がり、背もたれに掛けてある肩ホルスターに収まったFN57拳銃をつかみとった。

「シモンズとグリロにいって、ヴァンをまわしてこさせろ」と彼は命じ、ホルスターの革ひもをとりつけた。まずは基本アイテムだ。装備は道中でととのえよう。「外で彼らと合流する」


アントワーン・オーベンは内戦が始まる以前から、この街の中心から離れた比較的静かな低い丘にある五階建ての建物で不正な商売を指揮していた。車はアスファルト舗装のロータリーから主要な出入口へ進み、さらに表玄関へ、一段低くなった駐車ガレージの傾斜路（ランプ）へと続くことになる。ランプの奥へ下りると、台地の坂が三、四ヤード続き、短く平らに刈りこまれた低木の植えこみが出てくる。その下に来ると整然としていた植物群が野生のとげだらけの植物群に変わり、その群生が斜面のいちばん下まで三〇フィートほど続いて、外の小さく平らな泥だらけの荒地へと広がっていく。

地上階にはふたつの事業所があった。オーベンが所有し、従順な代行者を使って管理している郵船会社と旅行代理店だ。このふたつはオーベンが不正な所得の一部を洗浄し、偽造文書をまき散らし、さまざまな密輸作戦を調整するための便利な表向きの顔だった。密輸リストのなかには盗まれた高級車や骨董品、勝手に複製された音楽や映像の海賊版、違法な武器や麻薬、アフリカ中西部の野生動物保護区で密猟者に殺されためずらしい動物の肉や皮や角やひづめまでが含まれていた。

この街の住民の例にもれず、オーベンのおもての稼業で働いている三十人からの従業員も、オーベンが無法な武装組織を操っているのは知っているし、ならず者の取り巻きたちが出入りしているのに気づいていないはずもない。しかし、わかっていてオーベンの非合法事業に加わったり、なんらかのかたちでそこから利益を得ている人間は数えるほどだ。従業員の大半はまじめに一日働くために毎朝やってきて、就業時間が終われば家族の待つわが家へ帰り、週の終わりにはそこそこの支払い小切手を持ち帰っていく人びとだ。

刑事時代のトム・リッチが〝善良な市民〟と呼んでいた人びとだ。

オーベンにとっては都合のいい人柱でもあった。

リッチにしてみれば好ましい状況ではない。

茶色い汚泥にブーツを浸し、湾曲した圧迫感のある天井と側面から新鮮なかさぶたのようにはがれ落ちてくる湿ったかたまりで腕と脚とバリスティック・ヘルメットを汚しながら、リッチはしゃがみこむような姿勢で水をはね飛ばして悪臭のただよう排水路を進んでいった。自分の作戦がおちいりかねない最悪の状況は、作戦遂行中に罪のない一般市民が人質にとられたり、怪我をしたり――これだけは考えたくもないが――命を落とすことだと肝に銘じていた。

道徳的にも、作戦的にも、政治的にもまちがっている。外国の土の上にRDTがいるだけで国際法の数章ぶんはずたずたになるとポモナ号の船上でロリー・ティボドーは指摘していたが、たしかにそのとおりだ。そして、いま開始したこの作戦を進めていけば、残りの章もぼろぼろになるのはまちがいない。

しかし、山猫をつかまえるためにはるばるここまで来て、可能な手段をすべて使ってあの男の足どりを追ってきたのだ。オーベンのオフィスの玄関をノックして、客人を司法の手にゆだねろと要求しても目的が果たせるわけではない。

予測される危険からあとずさりをしても、やはり成果は得られない。

いまはあの男を拉致する絶好の機会だ。リッチは是が非でもこの好機をものにするつもりだった。ここでしくじれば処罰を受ける覚悟でいた。絞首刑前の極悪人のように不安に揺れている彼を見て、あのメガン・ブリーンはこれみよがしの笑みをひらめかせるかもしれない。

その不愉快な映像をリッチは頭から追い払った。

ともあれ、彼の読みは本日二度目の的中をみた。

思ったとおり、山猫が車で警察署へ向かったのは古典的なだましの手口だった。山猫は警察署に着いてすぐに、ホテルから出てきたときとはべつの服を着て、裏口ではなく横の出口から抜け出し——リッチの予想とちがったのはこの一点だけだった——パトカーではないありふれたセダンの助手席に乗りこんだ。待ち受けていた運転手は車を発進させ、街を横切る大通りの西方向の車線にはいった。車は二気筒エンジンでがたがた音をたてて走っていった。この土地の平均的なマイカー運転者が走らせていく狭苦しいマッチ箱の群れに溶けこむための巧みな手ぎわだ。

三十分後、セダンは〝悪の中枢〟の駐車ガレージへすばやくはいりこんだ。リッチと襲撃隊はその外の奥にある雑草の生い茂った湿原で、いつでも動きだせるように待機していた。

そしていま、丘の下の地下の水浸しになった水路から、リッチは建物に向かって這い進んでいた。ヘルメットの懐中電灯が薄闇を切り裂いていく。後ろを重い足どりで続いてくる七人の男と同様、リッチもひざ当てとひじ当てとザイロンの極薄の防弾裏地がついた森林地用迷彩服に身を包んでいた。ホルスターに収まったＦＮ57以外にも、アップリンク独特の可変速ライフルシステム（ＶＶＲＳ）サブマシンガンの小型版を携行していた。サイズも重量も原型の半分になったこの第二世代のモデルは最初から消音器が組みこまれており、亜音速弾を発射することができる。第一世代では銃身の圧力を〝致死〞から〝非致死〞に手動で調節していた回転式の握把が、超小型電子工学システム(MEMS)の回路に置き換わり、ボタンに触れるだけで迅速かつ簡単に同じ仕事ができるようになっていた。

銃身の下のはめこみ式の連結装置はレーザー照準器に形が似ていたが、技術的な関連はあるものの機能はまったく別物だった。この装置が武器のバランスを狂わせる点がリッチは気に入らなかったが、チーム全体にこれを使われると標的は苦しくなる。

これ以外の装備もヴァンから持ってきており、そのなかにはきわめて防御的な装置もあった。

先頭のリッチは左手に、遠い子ども時代に記憶のあるスーパー8のムービーカメラに奇妙に似た携帯用蒸気探知機を持っていた。これが汚水から出るメタンや窒素、硫黄などの毒ガスから、生化学兵器の薬品や病原体、空気中にただよう偽装爆弾の爆発成分の痕跡にいたるまで、周辺のさまざまな危険物質を探知してくれる。警告音が鳴ったときには、バックライトのついた液晶表示装置がその脅威を識別し、それに装置が近づくにつれて警告音が速くなる。その脅威が生化学兵器や有機分解の生成物だった場合、各隊員は革ひもで肩に吊り下げたキャリーバッグのジッパーを引いて空力式の濾過空気呼吸装置に変え、マスクとフードのついたヴェストの要領でそれを着用する。爆弾が検知された場合には、誘爆装置に接触しないように気をつけて進んでいく。装備はまだほかにもあった。そのなかには、十五分ごとに新しい婉曲表現をつくり出したがる法執行者たちが秩序維持兵器と呼ぶ鎮圧用のもあった。

これらをなんと呼ぶかは自由だが、その基本的な目的は大きな怪我をさせずに標的を無力化することにあった。

山猫をとらえることはべつにして、リッチの絶対的な使命はあの建物のなかで仕事をしている罪のない一般市民に危害が及ばないようにすることだった。それだけはなにがあっても避けなければならない。しかし、オーベン配下の腐った警官たちを死にいたらせるような攻撃も避けようと決めていた。それをいえばオーベン本人もだ。彼らにはみな、高潔な市民と呼ばれる名目上の権利がある。できることなら相手が無法な武装組織員であっても一生消えないような損傷は与えたくなかったが、配下の隊員たちには敵の扱いにある程度の自由裁量を与えていた。掠奪と暴力的な活動で自国政府の安定を脅かしている――したがって、いなくなってくれたほうがありがたい――名の知れた不平分子が何人か死んだからといって、アメリカとの関係改善を切に願っているこの国の国家元首が大きな騒ぎを起こすとは思えないからだ。

ひざを曲げっぱなしで筋肉に痛みをおぼえながらも、リッチはさらに十分ほど先頭で狭い排水路を進んでいった。そのとき、数ヤード前方にリッチの懐中電灯の光を受けて丸い穴が浮かび上がった。さらに前進すると、コンクリートの壁が形作るトンネルの底に三、四フィートほどの穴がぽっかり開いているのが見えた。彼と隊員全員がまっすぐ立てるくらい広い空間がある。

リッチは握りこぶしを上げて一時停止の合図を送り、それから肩越しにグリロを見やった。

「一ヤードくらい落ちるかもしれないぞ」リッチが押し殺した声でいった。「みんな気をつけろ。水は足首くらいまでありそうだ。流れはたいしたことないが、足をすべらす危険がある」

グリロはうなずいて、後ろのルー・ローザンダーにその旨を申し送り、ローザンダーがさらに後ろへ伝えていった。

リッチはすこしずつ穴に近づき、ぽんと下へ飛んだ。

着地すると水しぶきが飛んだ。よどんだ水の下は汚泥の層におおわれていたが、リッチはバランス感覚にすぐれていたし、波形のついたブーツのゴム底にも助けられた。

残りの隊員も一度にひとりずつトンネルから飛び降り、たちまち全員がリッチに合流した。そしてすぐさま一列縦隊になった。

リッチは周囲を見まわした。この通路にはさっきまでの狭苦しいトンネルにくらべれば空間と呼べるくらいの広さがあった。ここから、高さも幅も同じくらいの何本かのトンネルがさまざまな方向に分かれていた。

地下通路の大分岐点に到達したのだ。どの道をたどるか判断するのに地下通路の図面を参照する必要はない。任務にとりかかる前からここの構造は頭にたたきこまれていた。同様に、〈剣(ソード)〉の衛星地図作成装置で得られた高解像度画像から、排水管の出口もわかっていた。

リッチはまたてきぱきと手を使って合図をし、自分のすぐ左にあるトンネルの暗い入口を向いてなかに踏みこむと、泥のなかで足ががぼがぼ音をたてた。

部下たちもすぐさまあとに続いた。

「いいぞ」ローザンダーがささやき声でいった。「ガレージ係の男がひとりだけです。オーベンのところのちんぴらではなさそうです。厄介な相手とも思えません」

「小屋のなかか?」リッチがたずねた。

ローザンダーはなおも、頭上にある金属の排水路のふたから上へ巻きつけた細い光ファイバーの潜望鏡をのぞいていた。一段低くなったガレージの床と彼らがうずくまっている水路の底のあいだには四フィートほどのなにもない地面があった。水路の高さは六歳の子どもでもまっすぐ背を伸ばせないくらいしかなく、十人の大人の男にはつらいものがあった。

「いえ」ローザンダーは答えた。「壁を背にして椅子にすわったまま、うとうとしています」

リッチはうなずいた。

「まわりに、ほかに用心する必要のある人間は？」

「ちょっとお待ちを」

ローザンダーは左手の親指と人差し指でつまんだファイバースコープを回し、右手で接眼鏡を調節してカラー映像の焦点を合わせた。

「ひとりもいません」彼はいった。

「車の数は？」

「山猫を運んできたポンコツを含めて、十数台といったところでしょうか」

リッチはまたうなずいた。

そして道具入れに手を伸ばし、突破用の弾薬を探して接着テープ式の裏張りからプラスチックの細長い一片をはがし、C4と同じくらい威力はあるがより安定度の高いC2爆薬の細い断片を、しっかりくっつくまで天井の表面に押しつけた。そしてべつの道具入れからリップスティック型起爆装置のキャップを外して挿しこんだ。ガレージに出る狭い入口を吹き飛ばす前に、隊員たちは爆風と落下してくる石の破片にやられずにすむところまで後退する。

しばらくするとリッチはシモンズのほうに向きを変えて、蒸気探知機を手渡した。

「まずおれが踏みこんで、あの係の男を倒す」彼はささやき声でいった。「ぴったりついてこい、規則を忘れるな」

「はい」

リッチはベルトのケースから無線機をとりだした。

これから引き起こす爆発は小さい控えめなものだが、どんな爆発でも大きな音がしないわけはない。防音でもしていないかぎり建物のなかにいる人間にはその音が聞こえてしまうはずだ。

リッチはそれを見越して、もっと騒々しいあるものを手配してあった。

街を横切る大通りの何ブロックか東で、救急医療員の白い制服を着たふたりの男が二重駐車をした救急車の運転台で辛抱強く待っていた。

リッチから合図を受けると、運転手は無線を切って相棒に顔を向けた。

「いくぞ」彼はいった。

ふたりはすばやく車の流れに乗ると、〝悪の中枢〟をめざして疾走した。救急車の回転灯をひらめかせ、サイレンを最大音量に上げて、苦痛に耐えかねた千匹の狼のようなうなり声を発していった。

二階にある軍指揮官のオフィスでオーベンの向かいにすわっていた山猫は、ものすごい勢いで近づいてくる救急車の泣き叫ぶような音を聞いて窓のほうに頭を傾けた。

「おたくの車か？」耳を聾する騒音に負けないように彼は声を張り上げた。

オーベンはちがうとかぶりを振った。

「救急車だ」彼はいった。

山猫がいぶかるような表情を向けた。

「まちがいないな？」

「ああ」オーベンは相手を安心させた。声を届かせるために叫び声に近い声を張り上げていた。「ここにだって病気になる人間はいる」

ガレージの床に爆発で開いた小さな穴から上に飛び出したリッチには、椅子でうとうとしていた男に衝撃を与えたのが爆発を起こしたC2だったのか、鼓膜に突き刺さるかん高い救急車のサイレンだったのかはわからなかった。

どちらでもかまわない。

男は椅子の背を地面に激突させてあわてて立ち上がったものの、一瞬前まで存在しなかった瓦礫とともに埃と煙を吐き出している穴からヴァイザーつきのヘルメットをかぶって戦闘用の迷彩服を着た男たちがどっと飛び出してきた光景に、呆然とした表情を浮かべていた。

リッチはすかさず男に接近し、手袋をした手で握りしめたジメチルスルホキシド（DMSO）の缶の噴射ボタンを押した。

男は反射的に両手で顔をおおったが、無色無臭のDMSOの噴流が襲いかかってきた。

DMSOは無数の特性をもつ化学物質で、もともとは木をパルプにする過程で偶然生まれた副産物だったが、工業用溶剤として五十年、医療用に臓器や組織の保存料として四十年ほど、食品医薬品局（FDA）から制限つきの承認を受けた鎮痛薬や抗炎症薬として三十年弱ほど使われてきた。

人間の皮膚に瞬時に浸透し、充分に濃縮して浴びせれば触れると同時に相手を完全に鎮静させることができ、副作用もまったくないため、ここ十年くらい非致死性兵器の研究者たちから大きな注目を集めていた。

そのDMSOが突き出した手のひらと指を越えて流れ落ちてきて、ガレージ係の男はリッチがときどき白兵戦の訓練に使う発泡プラスチックのダミーのようにくずれ落ちた。

リッチは男の腕をつかんで転倒の勢いをやわらげ、そっと床に寝かせてやった。それからさっと立ち上がり、ガレージを見渡して建物の地上階に出る方法を探した。

一〇ヤードほど右にひとつだけエレベーターがあった。隊員たちを死の罠に詰めこむ心配はなさそうだ。ガレージの反対側のずっと左のほうに吹き抜けになった階段があって、そこにつながる扉があった。

隊員たちはいま、背中合わせにゆるやかな円をつくってリッチからの身ぶりの指令を目の端で待ちながら、各自の武器を外に向けてガレージのあらゆる場所を撃てる態勢をととのえていた。リッチは彼らのほうに向き直った。

彼らを階段に向かわせようと手を振りかけたそのとき、エレベーターが動きだすかすかな音を耳がとらえた。その方向を一瞥したリッチの目は、扉の上の表示ランプに釘づけになった。

エレベーターは地上階から下に降りてこようとしていた。

ぐんぐん降りてくる。

グリロもエレベーターに顔を向け、ヘルメットのヴァイザーの奥から目を凝らしていた。

巻き上げモーターが作動して数秒後に扉が横に開くと、グリロはなかにいるのがどんな人間か瞬時に見定めた。

規則を忘れるな、と彼は心のなかでつぶやいた。なかにいたのはごくふつうのカップルだった。たぶん、一見まともに見える上の会社のどちらかから出てきた客だ。エレベーターから一歩足を踏み出すか踏み出さないかのところで目に飛びこんできた光景に、男と女は硬直した。ふたりとも、襲撃隊と倒れているガレージ係と破片の散らばった床の穴に同時に気がついた。

グリロは彼らに最初のとまどいから立ち直るいとまを与えなかった。

さっとベルトに手を下ろし、ホルスターからスティングボール銃を抜いて、引き金を二度引いた。

そこから小さな閃光とともに放たれた銃弾は彼らの足元の床を直撃し、硬いコンクリートに当たったもろい弾は卵の殻のように砕け、驚くほど大きな破裂音と目のくらむ明るい光を炸裂させた。

ふたりは頭がぼうっとなって足をよろめかせた。女は両手で目をおおい、男は後ろによろけ、大の字に倒れて両脚をだらんと伸ばした。その上半身がエレベーターの箱のなかにはいりこんだ。扉が閉まりかけたが、フォームラバーの安全縁（へり）が男の腰に当たって自動的に開き、また閉まろうとしてまた男に当たり、男がガレージの床の上で身もだえしているあいだ何度も同じ動きをくりかえした。

スティングボール銃のもたらした結果に満足して、グリロは銃を収めた。気の毒な男にはこの思いがけない出来事の傷跡が少々残るだろうが、いたしかたない。

彼はリッチを見た。

リッチは吹き抜けになった階段の扉に手を振って、途中になった合図をやりおえた。

隊員たちはガレージを横切って扉の方角へ突進した。

男たちは訓練どおりに合成素材のよろいを着たひとつの有機複合体となって、猛毒をもつとげのように銃を逆立て、ひとかたまりになって階段を上がっていった。

一階の踊り場の何段か下で一度足を止め、ローテクだが頼りになる単純な望遠鏡タイプの探査鏡でローザンダーが角の向こうをのぞきこむのを待った。リッチの基本方針はここでも励行されていた。できるかぎり姿を隠したいときはファイバースコープを使え。しかし実際に潜入が始まってスピード優先になった場合には、電子コイルやビデオ装置のような細心の注意を要する面倒な代物をもてあそんではいられない。

だれの姿も見えなかったので、彼らは急いで踊り場へ上がった。リッチはシーボールドとビーティというふたりの隊員に、残りと分かれて一階を守るよう身ぶりで命じた。

十人が八人になって、次の踊り場まで上がっていった。先頭はリッチとローザンダ

この部隊は必要に応じて分離し、ふたたび集まることのできる有機体だった。

ーだ。

二階に上がる途中に出てきた次の踊り場でローザンダーがふたたび棒状の探査鏡を角から突き出すと、鏡の凸面に三人の男が映った。

彼はすばやく合図をした。二本の指先で目を指し示した。〝敵が見えた〟という意味だ。それから指を三本立てて、行く手にいる敵の人数を知らせた。

「武装員です」と、ローザンダーは声に出さずに口の動きで、そばにしゃがんでいたリッチに伝えた。

リッチがうなずいた。

隊員たちはさっと準備をととのえた。こんど対面するのは疲れた目をしたガレージ係でも、地上階の旅行代理店で楽園への旅を予約してから車に戻る途中で不意をつかれて硬直したカップルでもない。

彼らは銃を構えていた。

三人の武装員は踊り場に向かってなおも階段を降りてきた。

リッチの手が肩よりわずかに高い位置へそっと上がった。〝発砲を控えろ〟という意味だ。

ここはリッチの腕の見せどころだった。リッチとローザンダーの。

三人の武装員はアサルト・ライフルのロシア製AKを携えていた。なかのひとりの目が、ぱっと下の襲撃隊をとらえた。

そしてうなるように仲間に警告を出し、同時に銃口を上げた。

リッチは小型ＶＶＲＳの引き金をしぼった。タッチ式の電子制御装置は最大になっていた。威力は最大。そして静音だ。

武装員は胸に深紅の花を咲かせて踊り場に倒れこんだ。次の瞬間、上からたちまち銃の連射が始まり、階段の吹き抜け部分に弾が押し寄せた。

リッチは倒した男の動かない体にすねを押し当てて体重をかけたまま、その場を離れずに残りのふたりへ銃を振り動かした。片手に探査鏡を持ったローザンダーはもう片方の手で銃を持ち上げて、早くも銃弾の雨を降らせはじめていた。またひとり男がくずれ落ち、オリーブ色の戦闘服を真っ赤に染めて下へ転がり落ちた。最後のひとりは踏ん張ってまた撃ち返してきた。ローザンダーからうめき声があがって探査鏡が吹き飛び、金属の蹴込みに当たって音をたてた。

手すりを背にじりじりあとずさって敵の直撃を受ける範囲から逃れたリッチは、相手の脚を狙ってふたたび銃の引き金をしぼり、その脚がへたりこんだのが見えると胸を狙って一連射で片づけた。

静寂が降りた。薄い灰色の煙がもやとなってたちこめた。

リッチは首をめぐらせてローザンダーの姿を見つけた。

ヘルメットのヴァイザーに赤いしぶきが飛び散っていた。撃たれた箇所が朱に染まっている。ヴァイザーの奥の顔は見えなかった。

後ろにいる残りの隊員にちらりと目を向けて、リッチは首を横に振った。動きを止めるわけにはいかない。銃撃の交換は短いものだったし、非常用階段のコンクリートの壁からさほど遠くへは届かなかっただろう。しかし、近くにいるだれかの注意を引いた可能性は否定できない。

任務から注意をそらすことなく、リッチは部隊に急いで前進を再開せよと命じた。階段に倒れている死体を通り越していくときに、さきほど落ちた探査鏡をグリロがすばやくつかみとった。

またあとで必要になるはずだ。

二階の廊下に続く扉を襲撃隊は通った。この階の計画は全員が頭にたたきこんであり、オーベンのオフィスが建物の奥のどこにあるかもわかっていた。

だれにもわからなかったのは、この先にどんな種類の障害が待ち受けているかだった。

見渡すかぎり、廊下には人っ子ひとりいなかった。どちらの側にも閉まったオフィスのドアが並んでいた。そして一〇ヤードほど先に急角度の曲がり角があった。これを曲がって、もうひとつ短いまっすぐな廊下を進み、もう一度角を曲がる。そうすれば目的の場所にたどり着く。

いうは易しだ。

彼らは銃を腰の高さに構え、廊下の両側をすばやく目で見渡しながら前に駆けた。

ひとつのドアがすこしだけ開いているのにリッチは気がついた。右側の三つめのドアだ。彼は停止の合図を出してそこを指差した。隊員たちは散開し、遮蔽物を求めて壁にぴったり体をつけた。

そして様子をうかがった。

ドアに銃口を向けて待ち受けた。

ドアのすきまが広がり、さらに広がって、そこから銃口が突き出てきた。

さらに待った。永遠とも思える数秒が過ぎた。武器がさらに姿を現わした。セミオートマチックの拳銃だ。銃身が外の廊下に向かってためらいがちにすべり出てきた。火器の種類、この種の用心深さ――相手は警官だという確信をリッチはいだきつつあった。

ドアのすきまから自分をのぞいている銃口を、彼は見つめた。

「武器を捨てろ！」彼は叫んだ。

手は動きを止めたが、拳銃は放さなかった。

リッチはなおも銃の穴を見つめていた。ドアの奥にいる男には、リッチの部隊がどんな装備をたずさえているか、どんな武器を携行しているかが見えているはずだ。たぶん自分ではとても太刀打ちできないと理解できるくらいの脳味噌はあるだろう。

「おまえに興味はない。いっしょにいるほかの警官もだ」リッチはいった。「その銃を捨てて両手を上げて出てくれば、痛い目にはあわずにすむ」

またしばらく沈黙が続いた。

これ以上この雑魚（ざこ）に手間どっている時間はない。

「これが最後だ」リッチはいった。「観念しろ」

ドアとドアフレームのあいだのすきまが広がった。

いつでも発射できるようにリッチは武器を構えた。

男の手から廊下の床に拳銃が落ちた。そのあと男は、頭の上に両手を上げて部屋から外へ足を踏み出した。

制服警官だ。やはりそうだったか。

リッチは前に出て捨てられた武器をわきへ蹴りのけ、それから警官の肩をつかむと、ボディチェックができるように背中を押して壁と向き合わせた。

着衣の上を軽くすばやくたたいていくと、足首のホルスターに回転式拳銃（レヴォルヴァー）が見つかった。後ろに控えているニュートンという名の若い新人にそれを手渡した。ほかにはなにも携帯していなかった。

リッチは捕らえた男の後ろを離れずに男を壁から引きはがした。腰骨のあたりに銃を押しつけ、自由なほうの腕を喉にぎゅっと巻きつけた。部屋のなかにいるだれかが愚かな行動に出ようと考えないともかぎらないので、男を盾にした。

リッチがうなずくのを見てグリロとシモンズが半開きになったドアの両側に移動し、手に持った武器を構えて側面を固めた。

リッチがブーツで勢いよく蹴りつけて、ドアを完全に開かせた。

部屋はがらんとしていた。椅子が二脚と、プッシュ式の電話がおかれた金属製の机がひとつ、机のそばにごみ箱がひとつあるきりだった。

なかには制服警官がふたりいた。どちらも両手を高く上げていた。

リッチはニュートンをちらりと見た。

「武器があったら、そのなかに捨てろ」リッチはあごをくいと上げてごみ箱を示した。「電話もだ。終わったら箱を廊下に出せ」

ニュートンは命令を実行した。

リッチは一瞬考えてから、電話線の抜けた壁の差しこみ口に目を戻した。最初の警官の喉にはまだ腕が巻きついていた。

「おれたちが来たことは、もうボスに連絡したのか?」彼は男の耳にいった。

警官は答えなかった。

「リダイヤルボタンを押して、だれが出るかを確かめ、必要なことを知ることもできるんだ」リッチはいった。「その時間を省いてくれるほうが、おまえらのためになると思うがな」

警官はまだ答えなかった。

リッチは銃の鼻づらをさらに強く男の腰に押しつけた。

「本気だ」彼はいった。

警官はさらにすこしためらったが、ついにうなずいた。

三十秒後、リッチとニュートンは丸腰になった警官たちを部屋に残してあとずさりで廊下へ戻っていった。

「このまま三十分ここにいろ。そうしたらあとは自由に出ていっていい」リッチは戸口からいった。「この命令に背きたい衝動に駆られたときは、おれたちはおまえらのボスに危害を加える気はないことを思い出せ。関係のない者の命までもらうつもりはない」

リッチはドアを押して閉め、自分の部下たちに向き直った。

「オーベンとその主賓はおれたちのことを知っている」彼はいった。「しかし、やつらとエレベーターや階段のあいだにはおれたちがいる。窓から飛び降りでもしないかぎり、建物の外に出る経路はあそこしかないし、オーベンのオフィスから下の丘まではかなりの距離がある。つまり、おれたちを突破するか、いまいる場所にそのままいるしかない」

リッチは部下のひとりからべつのひとりへ目を向けた。彼らの目はリッチにそそがれていた。

「窮鼠猫を嚙むという」彼はいった。「わかったか（カピーシュ）？」

いたるところからうなずきが返ってきた。

リッチは息を吸いこんだ。

「よし」彼はいった。「始めるぞ」

オーベンのねぐらに向かって彼らはふたたび廊下を進みはじめた。

廊下の最後の曲がり目でグリロが探査鏡の曲がった棒を突き出し、さっとほんの一瞬だけのぞきこんでまたひっこめ、後ろのほかの隊員たちを振り返った。

「オーベンのところのちんぴらが四人、ＡＫを携えてこっちに向かってきます」彼はささやき声でリッチに告げた。「廊下のまんなか、一〇フィート強のところです」

「片づけろ」リッチがいった。「大至急だ」

襲撃隊はすばやく曲がり角に突進し、短時間ではあったが正確な集中射撃をかけた。四人のうちふたりは撃ち返す間もなくくずれ落ち、放り投げたバトンのように手から武器が吹き飛んだ。残りのふたりは、ひとりが左、もうひとりは右にあわてて分散した。

小型VVRSから発射された亜音速弾のひゅっという音がして、左の男が腕と脚をYの字に広げて床に倒れこんだ。

あとひとり。

廊下の右側に走りこんだ男は、閉まったドアを背に腹ばいに近いかたちで体を低くかがめ、廊下に銃を乱射しながら壁のなかの浅いくぼみにわずかな逃げ場を求めた。

リッチは壁に体をぴったり張りつけ、狙いをつけて武器を発射したが、標的をとらえることはできなかった。サボー弾はドアフレームに激突して武装員をとらえそこなったが、後ろによろけた男の引き金はしばらく止まった。

リッチは壁を背にひざをついた。相手の注意がそれた瞬間を利用してグリロと残りの隊員がオーベンのオフィスに猛然と駆け出したのが目の端から見えた。

リッチは武器をぴたりと構えた。武装員にあの空間から一インチ身をのりださせてやれ。一インチでものりだしたら……

廊下の先では、シモンズがイオン蒸気探知機をオーベンのオフィスの入口にさーっと動かし、仕掛けの配線や同じような仕掛けにとりつけられた爆薬がないかを確かめていた。だいじょうぶだった。残りの隊員はいつでも突入できる態勢にあった。グリロと新入りのハープスウェルがドアの片側についた。その反対側ではニコラスという新人が破壊棒を手に持ち、その後ろにニコラスよりは経験が豊富なバーンズとニュートンが立っていた。

武装員の隠れている場所からいきなり動きが起こった。男は背中をドアにつけたまま両手を持ち上げた。AKの先端が外へ傾いた。両ひざがわずかに広がった。

リッチは食いしばった歯のあいだから息を吸いこんだ。

来るぞ。

武装員が銃弾を吐き出しながら勢いよく廊下に駆けだすと同時に、リッチは男の胸のまんなかをただの一撃でとらえた。男はどっと倒れ、緑色の野戦服のシャツがあざやかな赤に染まった。

リッチは背中で押すようにして壁を離れ、廊下に倒れている死体をよけながら急いで隊に合流した。シモンズが検査を終えて戸口を離れようとしており——

リッチの目が大きく見開いた。破壊棒を手にしたニコラスがとつぜん入口に向かっていき、棒を振りかぶって振り下ろそうとしていた。バーンズが手を伸ばして止めようとしているのにも気づいていない。

「やめろ！」リッチは叫んだ。「やめるんだ！」

ニコラスは動きを止めようとしたが、警告に気づくのが一瞬遅かった。彼の上半身はすでに棒を振り下ろしにかかっていた。

破壊棒がドアに激突し、ドアがすさまじい音をたててなかへ開いた。と同時に戦闘犬が外に飛び出してきた。ピットブルだ。五匹。咽頭を外科手術で除去されており、声はたてないが獰猛だ。リッチが警察時代に知りあいだったSWATの隊員たちからはハッシュパピーと呼ばれており、クラックの密売所に襲撃をかけるときによく遭遇した犬たちで、麻薬を見つけたときや痛めつけられたときや空腹に耐えかねたときに激高し、残忍な攻撃性のかたまりになるよう飼育係に育てられる。

彼らは盛り上がった筋肉を皮の下で波打たせ、下あごをカチカチいわせながら口から肉食獣の白い牙をむきだしにして弾かれたように廊下へ飛び出してくると、またたくまにリッチの隊員たちに襲いかかろうと――

「止まれ！」オーベンのオフィスから声が命じた。「おすわり！」

ピットブルたちはこの厳命を聞き入れ、ただちに動きを止めておすわりをした。

「そうだ、ようし、いい子たちだ」声がいった。こんどは入口のすぐ内側からだった。

入口から手が伸びて、手首に輝く金銀のブレスレットがカチャカチャ音をたてた。そのあと色とりどりのビーズがついたシャツの袖といっしょに腕が現われた。

一瞬遅れて廊下に足を踏み出した男は、軍指揮官らしい服装までして自分の役柄を最大限に演じてきた。

彼はドアのいちばん近くにいる犬の上に身をかがめて耳の後ろをかいてやり、ズボンのポケットのなかのビスケットを探って従順な動物たちに配りはじめた。犬たちはうれしそうに尻尾を振って、あごからかけらを飛び散らせながらそれを嚙み砕いた。

「いいにくいですが――」リッチを見上げて男はいった。

一週間におよぶ訓練のあいだ山猫の役をつとめてきた〈剣(ソード)〉の隊員が大股でオフィスから出てきて、あとのセリフを引き受けた。

「そっちの隊員はタマを嚙み切られてます」彼はいった。「たぶん、ほかの部分も」

リッチは長い息を吐き出し、げんなりした表情でオフィスのドアから振り返った。廊下ではさきほど訓練用の弾に倒れた武装員が床から立ち上がり、染料に染まったシャツを胸から引きはがした。

「べとべとだ」彼はつぶやいた。「そのうえ、冷てえ」

リッチはニコラスをにらみつけた。

この坊やはこってりしぼってやらないと。訓練だからいいってものじゃない。

10

二〇〇一年十一月六日　さまざまな場所

〝潜伏体（スリーパー）〟覚醒。
料金：五〇〇〇万ドル。
一週間以内に追って指示をする。

イリノイ州の郊外に、かつてロナルド・マンフィーの名で知られていたランス・ジェファースン・フリーマンという男がいた。投資詐欺で有罪判決を受けたものの、検察の提出した開示書類に不備があった旨を上訴裁判所の判事がしぶしぶ告げ、いわゆる法律世界独特のさじ加減で決定がくつがえされて連邦拘置所を出てくることに成功した。そしてそのときに元の名を捨てた。生まれ変わり名前も変わったランス・ジェファースン・フリーマンは――彼のインターネット・ラジオ番組の熱心な聴者は、〈白自由教会〉の創始者であり最高聖職者でもあるこの男を、愛情をこめてL・Jと呼んでいたが――イリノイ州のハンズカムという豊かな町にある教会本部で東スーダンのアリフ・アルアシャーと共通点の多い考えをいだきはじめていた。莫大な地理的距離や、文化、イデオロギー、生い立ちのへだたりを考えれば、きわめて注目すべきことだった。彼らの一致でさらに特筆すべきは、L・Jの考えもおなじみのフレーズで表わせることだった——それもアメリカに昔からある情景から（決してアメリカだけの情景ではないが）文脈と意味を拝借した言い回しで。

「菓子屋の小僧」と、彼はひとりつぶやいた。「それがいまのわたしだ。なあ、ミスター……」

つまりL・Jには、このあとコンピュータ画面からぬぐい去られる短い三行広告のように是非とも消し去りたい民族集団がいくつかあったが、それに順位をつけなければならないことを彼も理解しはじめていたのだ。

L・Jは机から鉛筆を持ち上げ、大きくて白くて完璧なくらい歯並びのいい前歯で後ろについた消しゴムをかじりはじめた。そのあと、その神経質な癖を続けていると最近終わったボンディング（歯の変色箇所に耐久性のある樹脂質の物質を固定する技術）がだめになりかねませんよと歯医者から注意されたことを思い出して、途中でやめた。公の場やマスコミの前では笑顔が名刺がわりだ。鉛筆はやめておけ。構想を練るときに始終なにかを噛んでいる必要はない。

L・Jは口から鉛筆を下ろしたが、わきにはおかず、気がつくと机の表面にこつこつ打ちつけていた。まあこれなら害はあるまい、と彼は思った。音をたてながら全速力で前進していくときには大量の蒸気が沸き立つものだし、すこしは吹き払う方法を見つけてやらないと。

L・Jはこつこつ机をたたいた。どこからいく？　おおそうだ、ユダヤ人だ。ユダヤ人。やつらはリストの上のほうにいくだろう。おそらくいちばん上に。シオニスト占領政府（ZOG）の裏の真実をL・Jが知ったのは、刑務所にいたとき同じ獄房の人間がくれた書物を通じてだった（もっとも影響を及ぼしたのは、『アドルフ・ヒトラーの叡知と預言』『シオンの博識な長老たちの儀典』『悪魔の系譜』といった題名の本だった）。やつらは大型金融取引を通じて神に選ばれた建国者たちの手からアメリカの支配権をひそかにもぎとって、多国籍的な〈新超大国〉に吸収し、名目紙幣を利用し……

名目紙幣というのはつまり、一セント銅貨からあらゆる額面の印刷紙幣まで、連邦準備銀行によって鋳造される法定貨幣のことだ。

名目紙幣は金銀の重さや量のかわりに使われている正当な交換システムでもある。これのおかげでユダヤの高利貸したちは金利の操作ができ、生まれついての優越者でありし神の王国の――すなわちアメリカ合衆国の――唯一の祝福された正当な継承者であるアングロサクソンやチュートンや同種の白色人種の資産に蛭（ひる）のように吸いついて搾取することができるのだ。国家社会党（ナチス）の勇敢な殉職者たちが勇気ある抵抗に立ち上がる前に、やつらがドイツ人から巧みにだまし取っていたのと同じように。

鉛筆で机をたたくL・Jの動作が速くなった。ユダヤ人だ、絶対に。やつらでなくてはならない。わたし以上に裕福な支援者が、つまり正義のためなら財布を開くと誓っている愛国者や真の信者たちの中核グループがついていることを考えれば、この国から連中の支配を排除するために五〇〇〇万ドルを集めるのはむずかしいことではない。それどころかいま彼は、同時にもうひとつ腐敗人種を社会から取り除くための余剰資金まで見積もりはじめていた。厄介なのはどの人種を選ぶかだ。

いやじつは、むずかしくはないのかもしれない。獄房の格子の奥にいるとき読んだ人種の権利保護に関する記述に立ち返ればいいのだ、とL・Jは思った。高邁な思索家たちの手で書かれ、第二次世界大戦以前からオーストリアで自分自身の研究機関を運営してきた骨相学の草分け的存在である八十二歳の第一人者のような人びとの努力に支持されてきた資料が、たくさんあった。とにかく、L・Jの初期の調べで、アダムの子らにとっての二番目に大きな脅威が黒人であることは明らかになっていた。アダムの子らとは、これもL・Jお気に入りの著作家たちが解読した聖書の暗号によれば、血色のよい顔色の人びと、つまり白人のことだった。

二番手は黒人だ。なぜなら彼らは、非白色人種であるそれ以外の少数民族ともども
ZOGと共謀して集団虐殺(ジェノサイド)を犯そうとしてきたからだ。

集団虐殺(ジェノサイド)とは、大量殺人というよりはむしろ人種混合を通じてひとつの集団を滅ぼすことだ。アイゼンハワーの背信的な〈連合派遣軍〉の〈秘密偽情報局〉が生み出した一連の嘘と不正な修正をほどこされた写真以外になんの証拠もないユダヤ人大虐殺というでっち上げを永続させることで、ユダヤ人の経営する参考書出版社たちはこの言葉の意味を再定義しようとしてきたのだ。

黒人だ。二番目の脅威は。彼らの目標は、神意を汚して人種間の結婚と出産によりアダムの子らを集団虐殺することだからだ。

「つまり、彼らは死ななければならない」L・Jは声に出して結論をくだした。「まっすぐ地獄へ向かわなければならない。なあ、そうだろう、ミスター」

彼は鉛筆で絶え間なく机をたたいた。行動計画。それこそがここで彼が考えてきたものであり、そのことを考えると心が浮き立ってきた。まずはユダヤ人と黒人だ。そのあとは、そう、自分の進展状況を評価する必要があるだろう。自分の財源がどこに立脚しているかを確かめ、社会を汚染する残りの黴菌(ばいきん)たちを比較評価して、当面最大の危険はどれかを断定しなければなるまい。すぐ頭に思い浮かぶ第一候補はアジア人だ。やつらはどんなずる賢い陰謀をたくらんでいるかわからない。そしてもちろん、

アメリカ合衆国の南西部をメキシコに併合しようとたくらんでいるヒスパニックも……

〈白自由教会〉の最高聖職者であるL・J・フリーマンは、イリノイ州ハンズカムの本部でこんなふうに考えをめぐらせていた。彼の考えはどこかの敵対する暗黒惑星をとりまく輪のように、憎しみという固定軸を中心に回転しながら、夜の闇のはずれにある過激な行動へとひたすらゆがんでいった。

〈黒人独占主義運動〉の本部はマンハッタンのアップタウンにある共同住宅の一階と二階にあった。組織の指導者であるネイト・グローヴァー師は、年間数百万ドルの謝礼をもたらす多忙な巡回講演旅行の合間を縫って月に一度ここに立ち寄り、現金で家賃を支払っていた。どうもそれが多額に思えるらしく、白人たちはテレビで彼を攻撃しはじめるときかならず彼のぜいたくな暮らしぶりに触れ、彼の名前が出るたびに例のフレーズでその品格に疑問を突きつけてくる。「ネイト・グローヴァー師のぜいたくな暮らしぶりのなかには、ロングアイランドのイースト・ハンプトンにある評価額数億ドルの自宅や、クラシックカー三十台のコレクション、大人数の個人用スタッフが含まれ、さらに美術品や骨董品があって、あれがいくら、これがいくら、ほかにいくらのがあり、とにかく数えきれないくらいの莫大な資産が……」とくる。まるでこの二十一世紀のアメリカでは、アフリカ系の男は引退した政治家や、教室に彼の半分の数も、いや、三分の一も集められず、青白いクローン豚のような甘やかされた白人の大学生たちにくだらない話をしている売れない白人作家以上に稼いではいけないみたいではないか。

何カ月か前、年に一度行なわれる〈ワシントン自由蜂起行進〉の準備をグローヴァーがしていたとき、テレビのニュースマガジン番組のある女性リポーターが——人をあごで使ったと非難されたことが彼女は一度もないのだろう——助手に電話をさせてグローヴァーとのインタビューをとりつけた。マスコミとただで接触できる機会だ、悪くないと彼は考え、どうぞいらっしゃい（カム・オン・ダウン）といってやった……

いや、アップだったな、あの場合は。白人支配の主要報道機関に所属するブロンドで白人の女性リポーターが、ハーレムに行くために南（ダウン）へ向かわなければならないなんて話は聞いたことがない。カメラ・クルーを引き連れてきたり、武装した護衛をつけましょうという話になるのをあてにしてあのいまいましいニューヨーク市警に事前に行き先を連絡したりせずに安心して出かけられるのは、きっとロックフェラー・センター五十番地あたりが北限なのだ。

どうぞいらっしゃいとグローヴァーが返事をした二日後、彼女はスパイク・ヒールよりもっと細くて高い踵の靴をはき、アクセサリー一式をつけ、バービー人形の衣裳一切合切に身を包んで、風を切るようにひゅっと玄関を通り抜けてきた。そしてごていねいに、オフィスの広さに驚きましたとまでいった。ロック五十番地にでもどこでもこんな快適な広々した場所があったらいいのにと彼女はいいはじめ、その発言を聞いて次にどんな話が来るか察しがついた。

そのあとビデオテープが回りはじめ、お元気ですか、いかがお過ごしですか、とバービー人形は彼の目の前で〝魔女〟に変身した。そして、あなたはこのビルを〝二束三文で〝買い取ったとき、業者を雇って、「あなたの事務所がはいる下層階にすっかり解体と改修をほどこし、肉体労働に従事する貧しい黒人の家族がほとんどの、いまにもくずれ落ちそうな三階、四階、五階の三十もの部屋の修繕と改良は無期限に延期させましたね」といった攻撃に突入した。

この話をしているあいだ、ずっと女は他人を食い物にする弁護士みたいな笑顔を彼に向かって浮かべていた。

「ではお訊きしますが」彼女は最後のとどめを刺そうと迫ってきた。「あなたがさまざまな方面から日和見主義の偽善者と非難を浴びせられているのは、なぜだかおわかりですか？」

一瞬グローヴァーは、いったいあなたはここでなにに出くわすことを期待しているのです、糞小便の悪臭ただよう麻薬常用者のたまり場みたいなところにハギー・ベアの派手なスーツを着てすわっている人間ですかと訊き返し、いまおっしゃった〝さまざまな方面〟というのはどこのことかご説明願えますかと問い返してやりたい誘惑に駆られた。しかし、癪にさわる女ではあっても、これはマスコミを利用する絶好の機会であり自分を主流に組み入れるチャンスであることを思い出して、彼はひとつ深呼吸をした。ここではネイト・グローヴァー師ライトでこの女に接し、〝偉大なる白く下賤なアメリカ人〟どもが胃酸の大逆流を起こさないよう一般大衆向けの消化剤を処方してやるとしよう。

「一度にたくさんしようと欲張りすぎると、なにも成し遂げられませんからね」彼は答えた。「建物の残りの改修は一時的に延期されたんです。なぜわたしが〝一時的に〟を強調するかというと、黒人共同体を代表する民衆指導者であるわたしは、わたしたちをたえず迫害することを議題にしてきた、いわゆる独裁主義の権力者たちによるいわれのないさまざまな残虐行為に何度となく対抗せざるをえなかったからです」

カメラ用に冷静を保ちながらグローヴァーは、うまくやった、耳の痛い話をこの女にしてやったと思ったが、女は攻撃の手をゆるめるものかとまなじりを決していた。「議題といえば」彼女はいった。「あなたご自身が最近なさった発言のいくつかに釈明のチャンスをご提供したいと思います。つまり、大多数の白人とアフリカ系アメリカ人が同居すれば火種になりやすい、早い話が危険であることを世論調査は示しているというご発言です。あなたは数多くの演説のなかで、連邦政府は——そのまま引用させていただきますが——〝暴力と中毒という害悪で大規模な自殺や殺人をそそのかそうとひそかに計画して〟、とりわけハイスクール世代の子どもたちを標的に麻薬と自動火器を都市部に蔓延させたと非難なさっています。またあなたはアフリカ系アメリカ人に向けて、黒人の候補者と投票者にのみ開かれた政党が打ち建てられるまで白人の所有する事業とのあらゆる取引を慎み——ここでもあなたの言葉をそのまま引用させていただきますが——〝われわれの敵に戦争を仕掛ける権利をつかみ、非資本主義的経済機構を打ち建てよ〟と呼びかけ、警察のことを〝必要とあらばどんな手段を使ってもひざまずかせてやらなければならない悪魔のごとき迫害軍隊〟と表現なさってもいます。これでは、スラム地区の黒人の若者たちを荒廃させている元凶である暴力を支持しているみたいではありませんか。それ以上に問題なのは、あなたは初期の黒豹（ブラック・パンサー）党運動の分離主義政策をそのまま口にしはじめたといわれており、はっきりと……」

　数州を、たぶん南部の数州を分離して黒人自治領にするという考えを、たしかに彼は大学のキャンパスで講演してきたが、巨大な魔法のじゅうたんに乗って人びとを楽園（シャングリラ）に脱出させるくらいの確率でしか実現の可能性がないのはわかっていた。しかし群衆の前に出ると、彼らの注意を引く発言がひょいと口をついて出ることがときにはある。ちょっとその場をどよめかせてみて、どよめいたら即席の話をぶってさらに刺激する。演説家であり興味をかきたてる人間としては、席にいる聴衆を眠らせずにおくのも仕事の一部と考えていたし、一貫して総括的なメッセージを送っているかぎりは公約目標のなかに外野のはるか後方のものがあっても問題はないと考えていたからだ。

彼の考えかたは、クリスマスにひとつかふたつでももらえたら運がいいと思って〝欲しいものリスト〟をつくり、二十も五十も百もの別々の贈り物をお願いする子どものようなものだった……しかし、ツリーの下にギフト用ラップに包まれたどんなぴかぴかの贈り物が現われるかはだれにもわからないのだから、お願いしても損はないとも思っていた。それが世の中というものだ、なにが起きるかはわからない。

それでも、超一流にランクされるテレビ局のニュースマガジン番組からやってきたカメラが回っているオフィスに腰をおろし、自分のインタビューが国じゅうの何百万もの世帯で見られることを意識していたグローヴァーの頭のなかには、姿勢の一部をやわらげ、これまでにしてきた発言をおだやかにしてもう一度深呼吸をし、自分がネイト・グローヴァー師ライトを期待されていることを思い出すべきかもしれないという考えが浮かんでいた。

ところがそこで答えかけたとき、あの女の目に例の〝やっつけてやる〟という表情が浮かんでいて、彼がどう答えたとしてもまた攻撃してやろうと身構えているのがわかり、とつぜん激しい怒りがわきあがった。そして心のなかでつぶやいた。くそくらえだ、この女に望みのものをくれてやれ。

「ひとつの社会で黒人と白人が共存するのは不可能だと、わたしは信じるようになりました」気がつくと彼はそう答えていた。「わたしと同じ肌の色をしたすべての兄弟がこの邪悪な国から立ち去り、自分たちの手で自分たちのために統治する北米の国を作り上げる日が来るまで、彼らは呪いの靴につながった奴隷の鎖に縛られつづけることになると信じるようになりました。人種を完全に切り離す以外の方策ではなんの効果もないし、たがいに破滅をもたらしあうだけだと信じるようになりました。また、あなたのおっしゃったわたしのこれまでの発言については主張を曲げるつもりはさらさらなく、強調こそすれ弁解をするつもりは毛頭ありません」

グローヴァーがその場で思いついた修正は、万一南部の州が手にはいらないとわかった場合にはニュージャージー州および、ペンシルヴェニア、オハイオ両州の一部を黒人自治領の構成要素と考えるにやぶさかでないという一点のみだった。

グローヴァーのインタビューで視聴率が大きくはね上がったのはいうまでもない。我慢していれば飛びこんできていたかもしれない各種特典といっしょに、アメリカ合衆国主流行きのチケットにももちろんさよならのキスをすることになった。しかし彼は、あのときこうしていたら、ああいっていたらとくよくよしたりはしたくなかった。したことやいったことをいまさら白紙に戻すことはできないのだから。

それに、その結果を見ろ。

見てみろ、これを。

電子メールが届いたのはあの番組が放映された翌日、正確にはその翌朝だった。送り主は思いがけない人物だった。長いあいだその男とは取引をしていなかった。税金のかからない慈善事業用口座を使って、ある汚れた金の洗浄を引き受けてやって以来だ。その金の一パーセントが彼の実入りとなり、第一回目の〈自由蜂起行進〉を支える資金となった。その前にはロサンジェルスで覚醒剤のエクスタシーの取引をしたこともあった……しかし、エクスタシーの取引は何年も前のことだ。グローヴァーにとってははるか昔のことだった。ランパートからふらふらと何歩か踏み出したばかりのころで、ぶざまな挫折をしないためにはドルが必要だった。最近は説教の内容を実行している。ちゃんと実行している。二度とふたたび、黒人の青少年に毒を盛るようなまねはしない。

二度とするものか。

しかし彼は好奇心に突き動かされて、開かれるのを待っている電子メールのほかのどれより先にそのメールを開いた。

ネイト・グローヴァー師が〝潜伏体（スリーパー）〟という名の病原体のことを知ったのはそのときだった。

メールの主（ぬし）があの男でなかったら、グローヴァーは妙な悪ふざけだとその場で片づけてしまっただろう。だがグローヴァーは知っていた。あの男はいいかげんなことはしない。かならず顧客を満足させるという保証つきでスーパー病原体を開発したといってきたのなら、途方もない話のような気はするがまじめに受け止めていい。

そのときからグローヴァーは、正式な申し込みのための連絡を待っていた。コンピュータのスイッチを入れるたびにそれが届いていることを願った。そしてきょう、いま、ついにそれは到着した。

〝潜伏体（スリーパー）〟覚醒。

料金：五〇〇万ドル。

一週間以内に追って指示をする。

グローヴァーの〝欲しいものリスト〟はとつぜん、欲しいと求めるだけで一番目から百番目まですべて手にはいることになった。

とっぴな話だとは思ったが、欲しいというだけで手にはいるのだ。

北部、南部、中西部……クリスマスの朝にツリーの下におかれたいちばんすてきないちばん大きい贈り物のように、アメリカというパイがぴかぴかのギフト用ラップに包まれて目の前にさしだされており、そのすべてが手にはいるというのに、何切れかしかつかまずにおくなんてできるわけがない。

五〇〇〇万ドルなら安いものだとマードック・ウィリアムズは思った。この損益差の計算は小学一年生にでも簡単にできる。ここで問題になるのは量子物理学ではなく単純な小切手帳の算数だ。

ウィリアムズの弁護士たちはあのアッパー・イーストサイドの老夫婦に貸しアパートの賃貸借契約を放棄して立ち退いてもらおうと、この街のほかの場所にある寝室ふたつのアパートを保証して、すでにそう、二〇〇万ドルだか三〇〇万ドルだかの立ち退き料を提示していた。あの建物のほかの住人が受け取った額をはるかに超える金額だし——彼らのなかの最高額はたしか一五〇万ドルだった——彼らはみんなその提案に飛びついてきた。一挙に大金を握れる、ふつうの物差しで考えれば思いがけない大儲けのチャンスに飛びつかない人間がどれだけいるだろう？

ところがあの老いぼれのボグナー夫妻は、どうやらその手の人間らしい。夫のほうは八十歳くらい、妻はそれよりほんのすこし年下で、ヨーク街の同じアパートに半世紀ものあいだ暮らしてきた。神様のお迎えが来る前に景色の変化を喜んでもよさそうなものだ。なのに彼らは、古い壁紙のようにあそこにしがみついている。

　ウィリアムズは彼らに個人的な憎しみをおぼえているわけではなかった。それなら買い取り価格を上げてやったりはしない。それどころか彼は、この夫婦にある種の好感すらおぼえていた。一種の共感を。ウィリアムズの曾祖父と曾祖母はロシアの出身だ。ユダヤ人大虐殺から逃れ、ほとんど着のみ着のままでアメリカにたどり着いた。エリス島に到着する以前の姓を名乗っていたフレッドとエルナのワスコウフ夫妻の写真、銀板写真とかいうのがいまでもたしか、いくつかある彼の持ち家のどこかの壁に掛かっていたはずだ。ボグナー夫妻は一九五六年のソ連によるブダペスト侵攻のときに難民としてやってきていたから、ウィリアムズにははっきりとした親近感があった。とはいえ、同情や共感を考慮に入れず決算表の最終行の数字から目をそらさずして現在の彼ほどの成功水準に達した不動産業者はどこにもいない。

　あのイーストサイドのアパート群は、一八〇〇年代の終わりのほうに門のついた広い中庭のまわりや路地に面して建てられた〝馬屋（ミューズ）〟と呼ばれるものだ。歴史に愛着があるタイプの人間の心にうったえるものがあるのはウィリアムズにも理解できたが、歴史が彼個人の役に立ってくれるわけではない。川ぞいの広々とした土地を占拠しているこのアパートの並びは、当時はまだきれいだった空気を求めて金持ちの結核患者が静養に来られる療養所として始まり、その三、四十年後にはこの街に増えてきた中流階級用の住居に改造された。海外の戦争かなにかで母国を追われてきたハンガリーとドイツの移民が、おもな住民だった。一九八〇年代にこのあたりが流行地となって大勢のヤッピーがあちこちから押し寄せてきたが、以前から住んでいたおびただしい数のヨーロッパ系の人びとは、近隣の様子が移り変わっていくあいだも賃貸料の安定した彼らのアパートにずっとしがみついていた。

土地の取得費用は最終的な経費のほんの一部にすぎないとわかっていたウィリアムズは、取得にあたって持ち主たちに気前のいい額を支払った。なにしろ彼のところの会計士たちは、長期的に見て数億ドルの、ひょっとしたら一〇億ドル以上の利益を見積もっていた。繁華街からはかなり離れた立地なので、実際の価値は現存する構造物の上の空間にあった。

わずか六階建てとは最高の生活空間が泣く。四つの建物が隣接しているこの並びには角地が含まれているため、マンハッタンのゾーニング法に照らせば、ここを取り壊してかわりに一個だけ、ほぼ一区画を占める二十五階建て以上の高層ビルに建て替えることができる。それならウィリアムズの有名な競争相手が国連ビルの向かいに建てている居住用タワーを高さで上回る……この競争相手は、ふだんからフロントページに写真が載り、基礎工事のコンクリートの最初の一滴が混ぜこまれる前から一物件あたり一〇〇〇万ドル以上の価格でペントハウスの前売りに成功してきた商売がたきであると同時にこの世界の大立者でもあった。

というわけで彼の莫大な札束はいま危機に瀕していた。そして、ニューヨーク市最大の、つまりアメリカ最大の、つまり世界最大の居住用建築物を所有することでウィリアムズにもたらされる名声も。

用意周到に所有権関係の書類を準備をすると、ウィリアムズはすぐさま建物の住人たちに気前のいい買収価格で話をもちかけた。住民の七五パーセントは喜んで取引に応じた。なかには彼が多少の色をつけるのを待った小さな集団もいたが、彼はいくぶん価格を上げ、場合によっては引っ越し費用もこちら持ちという条件をつけてそれに応じた。

残りの契約保留者が住居を明け渡すのに長くはかからなかった——ボグナー夫妻を除いては。彼らは愛着のある〝馬屋(ミューズ)〟から動こうとしなかった。テーブルの上から下から横から、いくら現金を押しつけられても心変わりをしようとしなかった。老齢にもかかわらずボグナー夫妻は、最後に天に召されるまでまだ何年もアパートにとどまれるくらい健康なようだった。

そしてウィリアムズは何年も待つ気はなかった。

前回の買い取りの申し入れに肘鉄砲を食わされたあと、彼は弁護士たちにボグナー夫妻にたいする立ち退き訴訟手続きを開始するよう指示したが、夫妻が代理を頼んだ〈法律扶助協会〉の見習いたちにすら、それがはったりとわかるくらいの知識はあった。彼らの現在の賃借権を有効と認め、期限切れにさいして更新の自由を与えている家賃統制法は難攻不落の法律だった。そのうえ同じ法律によって、現在居住中の借家人である彼らには賃借権を無期限に更新する権利も与えられていた。

法律の壁にはね返されたうえに、ボグナー夫妻の問題を大衆の関心を引くチャンスとみて飛びついてきた高齢者擁護グループから非難を浴びせられたウィリアムズは、苦しまぎれに、いわゆる裏の世界の人間に連絡をとって、超法規的な手段を提供してもらえないかと打診した。この街のほかの多くの建設業者とつながっていて、乾式壁納入業者、配管会社、電気会社、その他もろもろを陰から操っているこの手の人間なら、あの夫婦におどしやそのたぐいのものをかけられるかもしれないとウィリアムズは考えたのだ。ところが、リトル・イタリーに用意した夕食の席でその知人に依頼をしたところ、高齢者の権利を擁護するさまざまな団体が地元のマスコミを使って起こす騒ぎがこれまでにも厄介な障害になってきたという返事が返ってきた。

「考えてもみろ」知人は説明した。「この件であんたはたっぷり悪い評判を集めているし、ああいう老いぼれどもはハチに刺されると痛いっと叫び、このハチはマードック・ウィリアムズが訓練をして送りこんできたやつだとだれかがいいだすだろう」

ウィリアムズはテーブルの反対側から相手をじっと見つめていた。

「おたくらは説得の専門家のはずだし、これが法外な注文とは思えない」彼は主張した。「それに、あの老いぼれたちがあのお宝の上にすわりこんでいるあいだに損をしているのは、わたしだけじゃない。この儲けのうちのどれだけがおたくの組織にはいるか理解できないわけじゃないだろう?」

相手の男は一瞬ウィリアムズを凝視し、それからゆっくり自分の皿にフォークをおいた。

「理解してないのはおれのほうじゃない」男は答えた。「厄介な問題があるといったんで、どうにもならないとはいってない。しばらくおとなしくしててくれ、ある知り合いに話をもちかける必要がある。飛び抜けたレベルにいる人物なんで、〝委員会〟を通さなくちゃならないんだ。その人物が手を貸してもいいと考えたら、あんたに連絡がいく」

そしてその男はたしかにウィリアムズに連絡をよこした。最初の連絡は一週間以内に電子メールでやってきたが、それを見て彼は仰天した。特定の人間にだけに感染するウイルスを提供できるとメールの送り主はいうのだ。例の知人がウィリアムズのうかがい知らない世界で暗躍しているのは知っていたから、ほかの提案を百個されても疑いはしなかったかもしれない。しかしこの話はとっぴすぎた。なかなか信じられなかった。

ところが、すこしずつ、信じてもいいのではないかという気持ちになってきた。この正体不明の接触者についてリトル・イタリーで聞かされた話にウィリアムズは強い感銘を受けていた。この電脳空間（サイバースペース）の幽霊は最高レベルの人間から敬意を払われるに値した。

それだけではない。ウィリアムズは株式仲買人から助言を受けてゲノムの未来市場に大きな投資をしており、投資の前にしっかり予習をすませてもいた。人間と人間以外の生物のDNA地図作成作業を含めたさまざまなプロジェクトは、産業革命、原子力利用、マイクロチップの出現に匹敵するスケールの科学革命を起こそうとしている。ゲノムの研究は、病気の予防と診断、薬物療法、移植用の体の一部培養に飛躍的な前進を約束するものだった……どれほどの発展が見込めるか予測がつかないし、日進月歩で研究は進んでいる。ほとんど毎日のようにバイオテクノロジーの新しい応用法が発表されているのだから、特別あつらえのウイルスが生み出されたといわれて疑う必要がどこにある？　じっくり考えれば考えるほど、ウィリアムズには荒唐無稽な話とは思えなくなってきた。

ウィリアムズはこの製品の提供態勢がととのったら知らせてほしいという短い要望をしたためて電子メールを返し、そのあとはべつの仕事に気持ちを集中するよう最大限の努力をした。それでも手があいたときには、自分のビルがこのあたりを一望のもとに収め、宅地開発業者としての熟練の腕をたたえる永遠の金字塔となって川ぞいの土地に高くそびえている光景を、頭のなかに思い描かずにはいられなかった。それに、あの老夫婦が期限切れの日をむかえるまでどれほどの時間があるというのだ？　癌、心臓発作、脳卒中。どんな人間もいずれは死ぬ。自分は必然の運命を早めてやるだけというのがウィリアムズのいつわらざる気持ちだった。

この解決法にたいする評価が高まるにつれて、自分の欲求と野望を満たしたい切なる願いは抑えきれなくなった。あの〝電脳幽霊〟の返事がこれ以上遅れたら、彼はもどかしさに矢も盾もたまらなくなっていただろう。

ついに待機のときが終わったことを、彼は神に感謝した。これを終わらせるためならあの提示価格の十倍を払っても惜しくないくらいだった。

〝潜伏体（スリーパー）〟覚醒、料金：五〇〇〇万ドル、一週間以内に追って指示をする――いま彼は心のなかで反芻した。オンラインのメールボックスについに現われたメッセージは、NASDAQ（ナスダック）の読み出し情報のように彼の頭のなかでカシャッカシャッと音をたてていた。

一週間、あと一週間――あと七日たてば、膠着状態から抜け出すことができる。

自分が残りの時間を指折り数えることを、ウィリアムズは知っていた。

11

二〇〇一年十一月八日　カリファルニア州サンディエゴ

「その頼みはだめだ。絶対にいやだ」

「きみがそんなふうに思うとは残念だよ、パラーディ」エンリケ・キーロスがいった。

「なぜなら、実際問題としてきみにはそうする以外の選択肢はないからだ」

「おれの名前を口にするな。どこでだれが聞いているか――」

キーロスは首を横に振って、ふたりのあいだの座席にある携帯盗聴器探知機を身ぶりで示した。

「そいつもまちがいだ」彼はいった。「これはわたしの〝安心車（セイフ・カー）〟だからな。本当にわたしはこいつをそう呼んでいる。世間の人が自分の車をベッシーとかマリーとかいうちょっとした愛称で呼ぶみたいに」

パラーディはためいきをついた。ふたりが腰をおろしている〝安心車〟とは、ハーバー・ドライブぞいにある遊覧船発着場の外の駐車場にキーロスが乗り入れたフィアット・クーペのことだった。時刻は午後六時。太陽の上端がサンディエゴ湾に沈みかけており、発着場の外の区画に黄昏が網状の陰影をつけていた。キーロスから呼び出しを受けてしぶしぶここへやってきたときにパラーディが乗ってきたドッジ・キャラバンは、ここから何列か離れたところに駐まっていた。

「その手のポケット装置が信用できるもんか」彼はいった。「感知できる周波数帯域が限られているからな。探知できないモードで作動する盗聴器もある。この手のことを知っておくのがおれの仕事なんだ。くそいまいましい仕事なんだ。それともあんた、忘れたわけじゃ——」

「落ち着け。わたしはなにも忘れてやしない」キーロスが途中で割りこんだ。「この車はわが家のガレージにおいて、地上はたえずビデオで監視している。警報装置もある。犬を使ってパトロールもしている。いまみたいにわたしがなかにいないかぎり、決してほかの場所に駐車したりはしない」

　ふたりは顔を見合わせた。パラーディはキーロスのかけているブルックス・ブラザーズの暗緑色のサングラスに映った自分の顔を見ていた。色つき眼鏡をかけていない人間——今回は自分のことだが——と話すときにその手の眼鏡をかける人間には、いつも腹立ちをおぼえた。目を隠すのは、距離と気持ちで優位に立とうという露骨なやりかただ。州警察官、偏執症患者、自己中心的な映画スター——性格のタイプはさまざまだが、共通するのは自分を際立たせたい欲求だ。

「ひらけた場所で安全を確保するのはむずかしい。軍隊でさえそういう場所では苦労するし、あんたが番犬を何匹飼っていようと、いくつ警報装置を持っていようと関係ない」パラーディはまた大きくためいきをついた。「なあ、おれは議論しようとしてるんじゃないんだ。ただ用心に越したことはないといってるだけなんだ」

その話題はもういいとばかりに、キーロスはスポーツジャケットのポケットに手を入れて、ジッパーのついた革のケースをとりだした。

「おたがい早く次の仕事に進めるよう、手短にいこう」キーロスはそういってパラーディにケースをさしだした。「必要なものは全部ここにはいっている」

「できないといっただろう。そいつは危険すぎる。おれには荷が重すぎる」

キーロスはしばらく黙って相手の顔を見ていた。それからひとりうなずいて、車の前のほうへ向き直り、ヘッドレストに背中をもたせた。

「そうか」彼はケースを手に持ったまま、まっすぐ前を見つめた。「なら、いってやろう。クヤバで賭け事の借金を返済するのに金が必要になったとき、施設を守るのが仕事のはずなのに、きみは喜んでそこの配置図と警備の秘密情報を売った。勤務交替で合衆国に戻ってきて、またしても借金を背負い、高利貸しのきびしい取り立てにあうと、いそいそと雇い主のオフィスに忍びこみ、遺伝子の青写真を入手できる材料を集めてきた。それがなにに使われるかを知りながら――」

「勘弁してくれ、その話をされると――」

キーロスは手を上げて制した。身ぶりはゆっくりで怒りはこもっていなかったが、パラーディはなにかを察知してすぐ黙りこんだ。

「わたしがきみでも居心地の悪い思いをするだろう。なにしろ、その道の専門家として寄せられている信頼と手を切るだけではすまない行為だからな。殺人と破壊活動(サボタージュ)の幇助(ほうじょ)がきみのしたことだ。そしてこの事実が明るみに出たら、残りの人生は牢獄で過ごさなければならなくなる」

短い沈黙が降りた。パラーディは空唾(からつば)を飲みこんだ。喉に舌打ちのような乾いた音がした。

「これは決まったことだ」キーロスがいった。「いまさら反対や拒否はできない。そんな考えはこの場で捨てるよう忠告する。さもないとかならず後悔することになる」

パラーディはまた唾を飲みこんだ。乾いた音がした。

「こんなことに巻きこまれるなんて」彼はしゃがれ声でいった。

港の端に近い深まりゆく夕闇のなかの発着場を、キーロスはじっと見つめた。

「その点はわたしも同じかもしれない」彼は小声でいった。そして、すこし間をおいてからこういった。「必要なことをするしかないんだ」

彼はフロントグラスから振り返らずに座席の向こうからケースをさしだした。

パラーディはこんどは受け取った。

駐車場の通路の反対側でレンタカーのヴァンのなかにいたラスロップは、遠隔レーザー音声モニター装置を頑丈な黒いカメラケースにしまいこみはじめた。ついさきほどまでこの装置の近赤外線半導体レーザーの見えないビームは、ヴァン後部の窓ガラスから、後ろの風防ガラスを通してフィアットのバックミラーへ九〇度の角度で狙いを定めていた。

入射角と反射角が一致するのは光の反射の基本法則だ。これがどう応用されるかというと、コヒーレント光のビームは——すべての光の位相がそろっているビームで、レーザー光伝播の基本的な特性でもあるが——反射面にたいして九〇度に光を入射させると同じ角度で光源に戻ってくる。つまり、反射面である種の変調を受けたり干渉されたりして位相がずれ、その部分だけほかとちがった角度で戻ってこないかぎりは。フィアットのなかで行なわれた会話は窓ガラスにかすかな振動を起こし——発話ごとに一〇〇〇分の一インチかそれ以下かもしれないが——それに応じた揺らぎが反射ビームに生じた。その揺らぎがそのあと盗聴器の受信機によって電子パルスに変換され、背景の雑音を消去し質を高めてデジタル録音されるわけだ。

フィアットのなかで話されていた一語一語をラスロップは手に入れていた。それが意味するところがすべてわかったわけではないが、はっきりしていることがひとつだけあった。

車のレンタルと偽装を続けて何日もエンリケ・キーロスのあとを尾け、何日も自分の直観を信じてきた彼の辛抱は、想像以上に埋蔵量豊富な鉱脈に出くわすことでついに報われたのだ。

12

二〇〇一年十一月十一日　カリフォルニア州サンノゼ

ロジャー・ゴーディアンのオフィスに足を踏み入れた瞬間、パラーディは不思議な感覚に見舞われた。目がさめたときに現実との区別がつかないくらい現実めいた夢みたいに、すべてが同じなのにどこかがちがっているような気がした。夢の舞台が自分の育った場所か、自分の住んでいる家か、通りをへだてた向かいの公園かは関係ない。自分のよく知っている場所にいるのはわかるのだが、なにかがちがう。自分の内側も外側も。

けさの彼はそんな感覚に見舞われていた。同じなのにどこかがちがう。じゅうたんの上をゴーディアンの机へ向かうあいだに、その地に足のつかない混乱した感覚を振り払おうとした。

「必要なことをするしかないんだ」とキーロスはいった。そしていまパラーディは自分にはできると思った。

できるとも。

対諜報作業の翌日だから、きょうのパラーディは〝大型麻薬犬〟もその付属装置も携行しておらず、いつもよりは少々人目につきやすい状況だった。しかしエンリケ・キーロスから押しつけられた以上、すぐ実行しなければならないのはわかっていた。キーロスから受け取った例のジッパーつきのケースが、手にずっしり感じられた。ポケットのなかがやけに重かった。地球の磁力の中心に向かってひっぱられている超高密度な鉛のかたまりかなにかのように、彼は下向きの力を受けていた。持っているうちに下向きの力に抵抗しがたくなってきた。自分が地中に沈んでいかないうちに片づける必要があった。

対諜報チームのいつもの活動時間である七時すこし前に、彼は会社に到着した。仕事のじゃまにならないように、彼らの掃除はかならず始業時間前に行なわれる。到着すると、ゴーディアンがオフィスにしている続き部屋へまっすぐ向かった。だれかいた場合にそなえて言い訳の用意もしてあった。そして、そのだれかがいた。七時半とか七時四十五分までにボスが出社していることはまずないが、重役秘書のノーマは七時半になる前にやってきて資料やスケジュール調整その他の仕事にとりかかっていることがちょくちょくあるのをパラーディは知っていた。そしてきょう、パラーディがエレベーターから足を踏み出したとき、彼女は控え室の自分の机に向かっていた。

こんなときのために出来のいい作り話を用意してあった。

「おはよう、ノーマ」と、彼は声をかけた。地面にあいた穴に落ちかけている気分だったにもかかわらず、ここで笑顔を浮かべられたことに内心驚いていた。「元気かい?」

彼女はコンピュータ画面から顔を上げ、彼を見てかるい驚きの表情を浮かべた。

「あら、ダン」彼女はいった。「きのうここで例の魔法の仕掛けがはいったバッグを持っていた人の双子の兄弟だなんていわないでよ」

「ああ、残念ながら、ここを巡回しているのはひとりしかいない」彼はいった。

「すべての女性を代表して、がっかりだわ」と、彼女は眉をひそめるまねをした。

「それで、どうしてまた舞い戻ってきたの?」

「じつはきのうの巡回で、かばんに乗って旅をしている例の魔法の仕掛けのひとつを誤った場所においてきてしまったらしいんだ」パラーディには自分の声が部屋の遠い片隅から聞こえてくるような気がした。「営繕係に問い合わせてみたが遺失物保管所には届いていないというんで、巡回したコースをたどりなおしてるんだ」

パラーディのなかには、ノーマが疑いをいだいてくれるのを期待している自分もいた。ここで穴のあくほどおれを見て、なにかおかしいと気づいてくれ、と。しかし残りの自分は、そうなるはずはないと知っていた。自分の口にした再登場の理由は破綻のない筋の通ったものだとわかっていた。

当然のことながら彼女は納得した。そして手を振って、控え室のドアからはいるよう彼に指示をした。

「どうぞ」と、彼女はいった。

いまパラーディは、ドアを背にして、ゴーディアンの大きなマホガニー製デスクを見下ろすように立ったまま、ポケットに入れてきた白い綿の手袋を急いではめていた。吸い取り紙のすぐ右にロールスティック・タイプのウェハースの缶があった。一カ月かそこら前、パラーディの掃除に予想外の時間がかかったことがあった。ゴーディアンは部屋にはいってくると、机の前に腰かけて作業が終わるのを待っていた。自分でカップについだコーヒーをウェハースでかき回しながら、妻の命令でフレーバー・コーヒーを断たなければならなくなり、かわりに一日二本だけウェハースを入れることを許されたんだと、おどけたような口ぶりで嘆いていた。

先日の夜、キーロスの車のなかで押しつけられた仕事の内容を、パラーディはくっきりと頭に刻みつけていた。そしていままたその内容を思い出しながらウェハースの缶に手を伸ばし、プラスチックのふたを外して机の上においた。缶の中身は四分の三以上なくなっていた。残っているのは十本くらいだ。平たい革のケースを作業着のポケットからとりだしてジッパーを開け、使い捨ての注射器を出して缶のふたのそばにおいた。すでに溶液はアンプルから吸い上げてあった。六十秒ですませなければ。長くても九十秒だ。

すませてしまえ、と彼は心のなかでつぶやいた。早く片づけてしまえ。

そしてウェハースの一本を右手で缶からとりだした。左手で注射器の針をウェハースの端の口に深く突き刺して、一ミリほど中身を押しこんだ。色もにおいも味もない識別不能なアンプルの中身がクリームの詰まったウェハースの中心にしみこんでいった。

パラーディは針を外してウェハースを缶に戻し、二本目、三本目、四本目のウェハースに液を注入した。

これで充分だろう。充分に決まってる。注射器にはまだ液が残っていたが、これ以上オフィスにとどまるのは耐えられなかった。胃のあたりが氷の煉瓦になったような感覚に見舞われていた。

缶のふたを閉めて注射器をケースに戻し、ケースをポケットにすべりこませた。

手袋を脱いでいるとき、背後からドアノブの回る音がした。

心臓がどきんと鳴った。

「見つかった?」

ノーマの声だ。戸口から。

人生最悪の瞬間だった。この前キーロスと会ったときどころではない恐怖の瞬間だった。罪悪感と恐怖に均等に挾みこまれて全身から感覚が抜け落ち、血管から血がどっと流れ出ていく心地がした。

ともかくパラーディは、じっと動かずに両手と戸口のあいだに体をおいたまま、指から手袋を外して太腿のポケットに押しこむことになんとか成功した。

それからノーマのほうを向いた。彼女は開いたドアのすきまから部屋のなかへ体をのりだしていた。

「だめだ」と、彼は答えた。まだ自分の状態を確かめてなかったし、手袋がポケットからのぞいていないかの確認もすんでいなかった。そのことに気がついて強い不安に襲われていた。彼女は手袋に気がついただろうか？　「さっぱり見つからない」

ノーマはすこしのあいだ彼の顔をじっと見て、肩をすくめた。

「残念だったわね」彼女はいった。「でもまあ、そんな困った顔をしないで。きっとそのなんとかいうのは出てくるわ」

気づいていない、と彼は思った。神様、お慈悲に感謝します、彼女は気づいていない。

パラーディはうなずいた。

「ああ」彼はいった。「さしあたり、なくてもなんとかなるだろうし」

そのとき彼女の机の電話が鳴った。

「取らなくちゃ。悪いけど外に出てもらえる?」と彼女はいって、頭を控え室の区画のほうへひょいと戻した。「清掃係の人たちにも気をつけてくれるようにいっとくわ」

パラーディは大きく息をのみくだし、汗ばんだ手のひらを作業服でぬぐった。手袋は見えていなかった。彼女はなにも見ていない。おれはだいじょうぶだ。

一瞬の間をおいて、彼はノーマのあとから控え室に向かい、彼女の机を通り過ぎるときに笑顔を交換し、手を振りあってエレベーターに乗りこみ、下へ降りていった。二本足で移動していながらも、現実の世界を通り抜けている心地がしなかった。この世界はもう二度とこれまでと同じ世界には思えないだろう。


「ああ、アッシュ」ゴーディアンは自分のオフィスの電話にいった。「もうLAX(ロサンジェルス国際空港)に着いたのかい?」

「無事に地上に降りたわよ」彼女はいった。「到着ターミナルから携帯でかけているところだから、気を揉むのはやめていいわ」

ゴーディアンはほほ笑んだ。ここ四十年ほど、空軍の爆撃機から自家用リアジェットまでさまざまな飛行機を操縦してきた彼は、後部座席の乗客に甘んじていられない人間になっていた。ほかの人間が操縦桿を握る飛行機で妻や子どもたちが旅をしているときは、なおさらやきもきするようになっていた。

大人になった子どもたちだ、と彼は心のなかで訂正した。

「飛行中、問題はなかったかい？」

「これ以上望めないくらいおだやかな旅だったわ」アシュリーはいった。「会社のほうはどう？」

「乱気流なきにしもあらずだ」彼はいった。「じつはそのひとつに出くわして、自分の机に退散してきたところなんだ。マーク・デバーレを知っていたかな？　マーケティング担当副社長だが？」

「もちろんよ。感じのいい人だわ」

「ふだんはな」ゴーディアンはいった。「きょうの販売会議であの男が吠えまくったところを見たら見かたが変わっただろうな。うちの開発した例の情報ダウンロード・キオスクの名称を〝インフォポッド〟にするか〝データポッド〟にするかで侃々諤々（かんかんがくがく）の議論になったときには、販売促進部のひとりに牙を突き立てそうな勢いだった」

アシュリーが声をあげて笑った。

数百マイル離れたところからでも、その声に彼の心は暖まった。日光を聞くことができたらこんな感じだろう。

「マークはどっちがお好みだったの？」

「最初のほうだ」

「あなたは？」

「迷ってるんだ」

「ふうん」彼女はいった。「お望みなら、週末に考えておいて意見を聞かせてあげましょう」

「ありがたい」

「だったら、あてにしてて」彼女はいった。「ところでローリーとアンとわたくしめは、荷物の受取所でわたしたちのマーケティング会議を始めるところなの。わたしたち、まわりが見えなくなるくらいとんでもなく誘惑に弱くて暗示にかかりやすい買い物客になりたいと思っていますから」

ゴーディアンはほほ笑んでウェハースのロング缶に手を伸ばし、なかから一本とりだして机の上のコーヒーに浸した。アシュリーが感謝祭前の週末にふたりの姉妹と出かけるロサンジェルスへのショッピング旅行は、一大イベントだ。そのうえ年々——計画的と思われるが——規模と範囲と予算がふくらんできていた。

「荷物の受取所だって？」彼はいった。「出かけてまだほんの二日だから、機内持ちこみで充分と思っていたのに」

例によってアシュリーは投げられたボールの返しかたを心得ていた。

「スーツケースはおうちに恵み深い賜物を運ぶためにあるのよ、あなた」と、彼女はいった。

「それじゃ、会社更生法の申請をするのは、きみがクレジットカードと手を切るのを待ってからにしたほうがよさそうだ」

「お気遣いいただきまして」彼女はまた笑った。

〝蝶の羽に日の光が触れる〟と、ゴーディアンは心のなかでつぶやいた。〝澄みきった夏の日に〟

「そろそろ行かなくちゃ」すぐにアシュリーがいった。「日曜日の午後にジュリアの家で落ち合いましょう、いいわね？」

「空港で拾おうか？」彼はいった。「そしたらそのあといっしょにドライブできる」

「だいじょうぶよ、ゴード、その必要はないわ。以前ほど車の手配は大変じゃなくなったし」

「うーん……」

「それに、父娘水入らずの時間はふたりにとって貴重なものかもしれないし。ジャックとジルのために作っている囲いの柵も仕上げてしまいたいんでしょう」

「それはそうだが……」

「だったら全力を尽くしなさい」彼女はいった。「もちろん、わたしもそうしてくるわ」

ゴーディアンはコーヒーからウェハースを抜いてぼんやりそれをながめ、またカップのなかに浸した。

「仰せのとおりにしよう」彼はいった。「楽しんでくるといい。買物仲間たちにぼくからよろしくと伝えてくれ」

「両方とも承知しました」彼女はいった。「愛しているわ」

「ぼくもだよ、アッシュ」

ゴーディアンは受話器をおき、カップに手を伸ばして中身をひと口飲み、ウェハースのスティックがつけるヘイゼルナッツの風味はすべて溶けこんだと判断した。その結果は、アシュリーにせがまれて断念した脂肪分たっぷりのブレンド・コーヒーほど満足のゆくものではなかったが、暖かい飲み物といっしょにそのウェハースをかじればちょっとした慰めにはなった。

撃鉄を起こした実弾入りの回転式拳銃（レヴォルヴァー）を持っているとも知らずにロシアン・ルーレットごっこに興じている男のように、彼はコーヒーに浸かっていた端の部分をひとかじりした。

この日二本目のこのウェハースは、パラーディが液を注入したものではなかった。

この三時間後、ゴーディアンは幹部たちの喧々囂々（けんけんごうごう）の叫び声と嘆き声をふたたび耳にしたあと、自分へのご褒美として一日の割当量にこっそりもう一本つけ足した。

それが彼をとらえる弾丸となった。

「金曜日の日暮れ前にここへ来るよう命じられた理由に、思い当たることはないか？」

「あの、上官——」

「いまはトムでいい」リッチはいった。この仕事に就いてもう七カ月だし、そろそろ隊員に自分をどう呼ばせるかを決めなければいけないなと思った。

「はい、上官」といってから、ニコラスは不安げに咳ばらいをして、「トム」といいなおした。

リッチは机の向こうの若者を見た。

「で、なんだと思う？」

若者の顔は困惑していた。

「思いついたことでいい」リッチはいった。

「はあ」ニコラスはまた咳ばらいをした。「ええと、いまは金曜の日暮れ前ですから……」

「それはさっきおれがいった」リッチはいった。

「はい、そうでした、すみません、トム……」

リッチは上げた手をくねらせた。

「ひょっとしたら、先週の訓練中にぼくのとった行動についての評価を週末前まで待っていただいたんでしょうか。そして、ええと、来週が来る前にRDTからぼくを追い出したいということでしょうか」

リッチは相手を見た。

「思い浮かんだのはそんなところです」と、ニコラスはいった。

しばらく部屋に沈黙が降りた。それだけでなく、部屋は死んだように動きがない。金曜日の日暮れが近いいま、ほとんどの人間は週末を楽しむために帰宅していた。外の廊下にさえ人影はない。

リッチは左ひじのそばにある針金細工のかごのペン立てを一瞥し、この場所では近すぎると判断して遠くへ押しやり、やはり最初の位置のほうがいいと考えなおしてそこへ戻した。

「あのオフィスへの侵入のどこが不適切だったのかはわかっている」彼はいった。「振り返ってみて、あれはどう行なわれるべきだったか説明してみてくれないか？」

ニコラスはすこし時間をかけて考えた。さきほどまでより落ち着きが出て、そわそわした感じが減ったような気がした。短く刈った頭は金髪で、一週間剃らずにいてもはたしてけば立つだろうかと思うようなすべすべのほおをしている。しかしその童顔の下にはたくましさがあり、凛としたところがあった。頭を使って運動をし、体を大きくするより総合的な体力の向上とスタミナづくりをめざしている人間の体格だ。カザフスタンで短期間いっしょに活動したのと、このRDTの一次選抜試験のなかで、そうした特質は観察ずみだった。

「標的は部屋に閉じこめられていました。フロア計画の概要によれば、あのドアのほかに脱出手段はありませんでした。彼らには不利な条件でした」若者はようやくいった。「向こうの強みは、われわれが外にいるのがわかっていることと、あの入口のおかげで監視の範囲も射撃の範囲も狭くなり、じかに狙いをつけて簡単に射程に入れられる点でした」彼はまた言葉を切った。「われわれには、はいりこむ前やはいりこむさいにさまざまな陽動作戦が考えられました。ドアの近くの壁に爆薬を仕掛けることもできたでしょう。大量の化学無能力化剤や混乱を引き起こす道具を使うこともできました。外にいる支援部隊が窓からガス弾を撃ちこむ時間もあったかもしれません。しかし、まずなによりぼくは、あなたからの明確な命令や指示や秒読みを待ってドアの突破を試みるべきでした」

若者は椅子のなかで体をこわばらせていた。きまりの悪さを抑えこもうと懸命の努力をしているようだ。それを見たリッチのほうも、なぜだかばつの悪さを感じていた。

「あの破壊棒を振りまわすまでは完璧だった」リッチはいった。「階段を降りてきた者たちに不意を突かれたときも、まごついてはいなかった。廊下で銃撃戦に突入したときもだ。どちらの場合も厄介な状況だった。最後はどうしてしまったんだ？　アドレナリンに乗っ取られたのか？」

ニコラスのなめらかなほおがすこし紅潮した。

「そうじゃないんです、上官……トム、上官……」

ニコラスは頭を左右に振った。

「続けろ」リッチはいった。「聞こう」

若者は息を吸って吐いた。

「あなたから廊下の男たちを無力化しろと命令が出たとき、あなたは……ぼくにはそう聞こえたんですが……大至急とおっしゃいました」彼はまた息を吸って吐き、リッチを見た。「あそこでぼくは、すぐ次の段階に移って標的の捕獲を完了しろという意味だと解釈してしまったんです。いま振り返ると、あなたを喜ばせて適格とみなされたいとやっきになっていたんじゃないかとも思います……というか、そうにちがいありません」

リッチはしばらく黙っていた。

「おれは失敗についてこんな仮説をもっている」彼はいった。「失敗は隠れた地雷や機雷のようにいつも手ぐすね引いておれたちを待っている、というものだ。一歩進むたびに選択をしなければならない。望ましい選択をしても、たいていはすこし前進するだけだ。いまいましいことに、まずい選択をしたときにはもっと決定的な結果を招く。破滅だ。あまり分のいい賭けじゃない」

　リッチはペン立てに目をやって自分の右側へ移し、それから左に移し、それから机のもっとまんなかのほうへ移した。

「おれは兵士だったことも、警察官だったこともある」彼はそういって若者のほうへ目を上げた。「そのどちらにも、服従と黙従のちがいがわからずに災難にあった連中がいた。これはもっと強調しておくべきなのかもしれない。つまり、隊員に境界線の見分けかたを教えるべきなのかもしれない。差は紙一重かもしれない。かみそりの刃くらいの、ほんのわずかな差かもしれない。判別しづらいかもしれない。しかしそれが生死を分けるとしたら、それにたいする思慮分別があったほうがいい」彼はひとつ間をおいた。「おれはおまえたちの指揮官だ。命令は明瞭でなければならない。おれの使った言葉がおまえの失敗の一因だというのなら、そこを斟酌して次のチャンスを与えよう。しかしその次はない。生死にかかわる話だからな。おまえと、おまえのチームメイトの生死に。そしておれのチームでは、命令にしたがっただけというのは通用しない。頭を使え。ありったけの判断力を、身につけた知識を、任務にたいする理解を、総動員するんだ。自分たちの目標にたいする理解を。そして境界線を忘れるな」

ニコラスは椅子のなかで静かに聞いていた。

「ありがとうございます」すこしして、彼はぎごちない表情でいった。「きょうのこと、感謝します。それと、申し訳――」

リッチは手のしぐさで彼の言葉をさえぎり、壁の掛け時計を見た。

「さあ、帰れ」彼はいった。「金曜の日が暮れる。週末が呼んでいるぞ」

「はい、上官」若者はいった。

リッチは彼の顔を見た。口を開きかけてまた閉じた。それからペン立てに視線を戻し、机の上でまたそれをあちこち移動させはじめた。

ニコラスは椅子から立ち上がり、オフィスを出ていった。

13

二〇〇一年十一月十三日　カリフォルニア州、ヴァージニア州

日曜日にめざめたとき、ロジャー・ゴーディアンは、たちの悪い風邪は峠を越したにちがいないと思った。

たしかに昨夜はちょっと体調をくずした程度ではない感触があったが、先週の仕事がいつも以上にいそがしかったのと、五大陸に広がる――最後に数えたときには二十七カ国だった――巨大企業の経営者にありがちなストレスに、金曜日の紛糾した営業会議が加わって疲れ果てたのだと解釈していた。また、トム・リッチがニューメキシコ州の訓練キャンプで進めている作戦演習にもずっと注意を払っていた。リッチは結末に不満をいだいているようだが、彼のチームの手ぎわはゴーディアンの目には文句のつけどころのないものだった。最後でつまずいたことより全般の出来ばえや失敗から学んだ教訓のほうが大切だ。現状を練りなおす以外のどんな目的が演習にあるというのだ？

それにしても、疲労を強いる長い一週間だった。アシュリーがロサンジェルスへ買

い物の旅に出かけているせいで、袖のカフスが留まっていないような物足りなさを感じてもいた。彼女がいないとこの家もわが家のような気がしない。やけに静かだし、部屋ががらんとしてふだんより広く感じる。数年前、彼の目を開かせてくれた結婚生活の危機がおとずれるまで、ふたりがどのくらい別々に時間を過ごしていたか、ときどきゴーディアンは信じられなくなった。

たびたび衝突を起こしていたにもかかわらずジュリアがそばにいるのにも慣れっこになっていたらしい。娘は新しい住まいに満足しているようだし、彼女のためにもいいことだと思っていた。しかし父として彼女の面倒をみられないこと、うるさくも愛らしいグレイハウンド犬たちがあとをついてこないことを寂しく思う身勝手な自分もいた。

金曜日の夜、早めに床についたゴーディアンは、土曜日のほとんどをひざの上に開いたミステリー小説と過ごした。それ以上のエネルギーはかき集められなかった。アシュリーが冷蔵庫に入れていってくれた手作りのチリコンカンを暖めたが、そのにおいも食欲をかきたててはくれず、群れからはぐれて疲れ果てた独りぼっちの鳥みたいな状態という最終的な自己診断にいたった。自分に注意を払ってくれる者はひとりもいない。むやみやたらに食べ物を欲しがって彼の皿に鼻を押しつけてくる犬たちもいない。お父さんに力になってもらえることなどないわ、という辛辣な表情を投げつけてくる娘さえいない。

気乗りのしないまま椀にはいったチリコンカンを半分ほど食べたあと、最後の数章を読んでだれがだれをなぜ殺したのか知ってからシャワーを浴びて休もうと考え、犯罪小説をふたたび手にとった。ところが十分か十五分くらいすると目に疲れとざらつきを感じ、味気ない独身生活二日目はシャワーとベッドの時間におとなしくはいることにした。とにかく、ジュリアのところに出かけて、犬舎の支柱にスペーサーと細長い横板をとりつけなければ。仮の支柱は打ってあり、板も材木置場で適当な大きさに切ってあったが、籠の目織りのフェンスの一面を仕上げるだけでも大仕事だ。それに、明日の午後にはもう一面にもとりかかりたいとひそかに考えていた。

このあと書斎の椅子から立ち上がったとき、ゴーディアンは軽いめまいに襲われた。数秒でおさまったし、このときも、過酷な一週間で消耗したのだ、思った以上に疲れているのかもしれないと思っただけだった。ふだんより何時間か余分に眠ればすっきりするだろう。

だが眠りは浅く断続的だった。寝苦しくてもぞもぞし、ベッドサイドの時計をちらりと見るたびに、最後に目を閉じてからわずかな時間しかたっていないのがわかった。二十分、四十分、せいぜい一時間だった。

午前二時ごろ、ゴーディアンはさむけと発汗で目をさました。唾をのみこむと喉が痛い。目の奥に鈍い痛みがあった。腕と背中がこわばっている。なにがあったにせよ、ただの疲れではなさそうだ。ひどくぐあいが悪い。

枕を背に体を起こして胸のところにひざを引き寄せ、暗いなかで体を震わせた。喉が渇き、筋肉のこわばりがずきずきしてきて、吐き気もした。しばらくしてから隣の洗面所に水を飲みにいった。いきなりともった洗面所の照明を受けて、目の奥の痛みが激しくなり、コップに水を入れる前に光量調節器で光の強さを加減しなければならなかった。

洗面台を見下ろすように立ったとき、アスピリンを飲めば楽になるかもしれないと思いついた。薬箱のなかの瓶に手を伸ばし、手に二錠振り出して水といっしょに飲みくだした。そのあと薬箱の体温計に目がとまった。体温を計ったほうがいい。アシュリーが家にいたら、そういうはずだ。しかし、熱があったらたぶんジュリアの家に行くのをあきらめなければならなくなる。娘に会うのと犬舎造りをはかどらせるのを楽しみにしてきたのに。それに、買い物の詰まった一個あたり一トンはあろうかというスーツケースをかかえたアッシュとあそこで合流することになっている。夫がそれを車のトランクに積みこんで自宅へ乗せていってくれるのを、アシュリーはあてにしているだろう。

ゴーディアンは朝までにぐあいがよくならなかったら熱を計ることにした。いや、朝のちほどまでにだ。いまが何時かを思い出して、彼は心のなかでそう訂正した。

実際、ベッドに戻ったときには気分は徐々によくなりはじめていた。さむけがやわらぎ、筋肉のこわばりも軽くなっていた。ちょっとしたウイルスのたぐいにやられて、夜にそのピークが来たのかもしれない。あるいはアスピリンが効いたのかもしれない。三時半ごろふたたび眠りに落ち、四時間後にめざまし時計が鳴るまで目をさますことはなかった。

暖かく晴れやかな日曜日だった。寝室の窓から射しこむ金色の光に顔を向けながら、ゴーディアンは体温を計る必要はないかもしれないと考えはじめた。腰のあたりにまだ痛みがあったし、唾をのみこんでみるとまだすこし喉にも痛みがあったが、熱っぽさや吐き気は感じなかった。

起き上がって、コーヒーメーカーに水をそそぎにキッチンへ行き、それから紅茶のほうが賢明な選択かもしれないと判断した。網戸のついたベランダに紅茶を運んで腰をおろした。斜面に並木の木陰をつくったアシュリーの庭に目を向け、薔薇の香りのただよう風がそよ吹くなかでカップの紅茶を口にした。屋外で作業をするにはもってこいの天候だ。紅茶を飲みおえたら体調を確かめて、計画を先に進めるかどうかの結論をくだすことにしよう。

八時になると、昨夜の不調からかなり回復した感じがあった。これならだいじょうぶそうだ。犬舎の作業を進め、あまり無理をせずに目標のすこし手前でやめてもいい。家で寝ているより適度な運動をしたほうが風邪を追い払うには有効だと、彼はかねてから思っていた。とにかく彼にはそっちのほうが有効だった。

キッチンに戻って流しでカップと皿をすすぎ、ペスカデーロへ出かける前になにかお腹に入れていったほうがいいと思った。しかし食欲がない。さっとシャワーを浴びようとバスルームのほうへ向き直ったとき、何時間か前のぐあいの悪さを考えれば、これから一日がかりの力仕事をしようという人間が朝食を抜くのは賢明なやりかたとは思えない、という内なる声が聞こえてきた。しかしジュリアの家に着くころには食欲も戻っているにちがいない。トーストとイングリッシュマフィンを自分で支度していって、ジュリアの怒りを買う危険を承知でジャックとジルにこっそりすこしあげるとしよう。すこし前までのように。

いまはとにかく手と顔を洗って急いで着替えよう。活動を開始したかった。不調の峠を越えた感触はたしかにあった。

「メガン、この状況で〈局〉の方針を話しあうのは適当なことだろうか？」

「わたしがそばにいるのが気になるの？　外に出ることだってできるんだし。なにがいけないっていうの？」

「きみがそばにいること自体は問題じゃ——」

「だったらなにが問題なの？　わたしたちがいっしょにホットタブ（ベランダなどに設けた大型温水浴槽）にはいっていること？　仕事をするのは辛気くさいオフィスのなかだけなんて考えは時代遅れだし、それはわたしだけの意見じゃないわ。肩ひじ張らない刺激的な環境こそ話し合いの場にふさわしいと教えてくれる研究は——経験にもとづいて証明している研究は——いくらでもあるし……」

「頼むから、ここから出してくれ——」

「そう努力しているところよ、ボブ。ボヘミアングローヴのことはどう考えてるの？　政治と私事が交わったことはべつにし——」

「ボヘミアングローヴの話はやめてくれ、ぼくらはどっちも裸なんだ、それとも気づいていないのか？　交わったとかなんとかの話には突入したくない」

それを聞いてメガンは微笑を浮かべた。

「好きなだけ突入していいのに」彼女はいった。

彼女のエメラルド色の目が彼の灰色の目と合った。

ラングは言葉を失い、無言で彼女を見つめ返した。

　ふたりはホットタブの湾曲した腰かけ部分に肩を並べてすわっていた。熱い湯に首まで浸かっており、水蒸気のリボンとなって渦を巻いている湯気が周囲の華氏四五度

（摂氏約七度）のシェナンドア渓谷の冷気のなかへ立ちのぼっていた。格子によって、彼らの部屋の奥のテラスと、赤い木材を使ったテラスのホットタブと、浴槽内でずぶぬれになった裸の体は〈ヴァージニアB&B〉の従業員や週末旅行者の目から隠れていたが、その横木の向こう、そして渓谷の向こうの森林になったアレゲニーの山腹の向こうでは、広大な松林の暗緑色に秋のカエデの紅葉が水彩画のようなシナモンブラウンの彩りを加えていた。

「ボブ？」

「なんだい？」

「ぼんやりしてたみたいだから」

ラングはためいきをついた。

「問題はだ」と彼はいい、それからひとつ間をおいた。「つまり、ぼくが不適当かもしれないと思っているのは、ぼくらが仕事以外の関係にいそしんでいるときにきみが仕事がらみの重大な要求をしていることなんだ。ワシントン局長の権限を使って、特別な許可が必要な捜査ファイルをアップリンク・インターナショナルが利用できるよう、現行の保安等級を適用しないか拡大解釈してほしいときみは求めている」

メガンは肩をすくめた。「わたしがそのお願いをしたとき、わたしたちはきちんと服を着ていたわ。その時点ではまだどっちも服は脱いでいなかったわ。正直いって、そうなるなんてまだ想像してもいなかったのに、ある暗くて寂しい夜にその空想が頭をもたげてきたの」

ラングは狼狽して頭を左右に振った。

「正直にいってくれ」彼はいった。「少なくとも不適切なところがありそうなのは、きみにもわかるはずだ」

「もちろんわかるわ」彼女はいった。「だけどわたしがあなたと寝てきたのは、あなたの客観性を曇らせて、あなたの誠実さに傷をつけて、国家の安全を脅かすようそそのかすためだとあなたは思っているの？　そのうちのどれかを心配して、あなたは——？」

「ばかな——」

「なら、うちに許可を出すのを拒んだら——あなたが拒否することに決めたら——わたしがあなたと寝るのをやめると思っているの？」

「いや、もちろんそんなことは——」

「だったらどうして、わたしの状況整理に手を貸してくれないの」彼女はいった。「どうしてわたしたちが親しくなればなるほどあなたはデータベースの開放に及び腰になるのか、筋の通った説明をしてちょうだい。わたしは自分が何者かをわきまえているし、あなたも自分が何者かをわきまえているんじゃないかしら。いっしょにベッドで飛び跳ねたからといって、ふたりが自分の主義や方針に背くことにはならないと思うわ」

「あるいは、浴槽でばしゃばしゃやったとしても」ラングはいった。「わからない。きみにしてあげられる明快かつ賢明な答えをぼくは持ち合わせていないのかもしれない。しかしぼくは、私生活と〈局〉での責任はかならず切り離してきた。それをごっちゃにするのは初めてのことなんだ。原則をないがしろにすることになる」

「バーやナイトクラブで出会う女の人との情事のときめきにも制限を設けたほうがいいってこと?」

ラングは彼女を見た。

「それはあんまりだ」

メガンはいま真顔で頭を左右に振っていた。

「あんまりなのは、型にはまった基本原則を、ほごにするのが怖いといって、始めたことに線を引くことのほうだわ」彼女はいった。「職場は大人の出会いの場所よ。陳腐な口説き文句なしで大人どうしが知りあえる場所よ。それのどこがいけないのかわたしにはわからないわ。親密になったことで、どうして急にわたしたちがマタ・ハリとベネディクト・アーノルドになるの」

ラングは黙っていた。ふたりは肩を並べてすわっていた。そのまわりに湯気が渦を巻いて、日の光にゆらめきながら冷気のなかへ立ちのぼっていった。

メガンは後ろに首を伸ばして、広々とした空を見上げた。

「これで最後にするわ」しばらくして彼女は上を見つめたままいった。「あなたにたいするわたしの気持ちは、アップリンクが秘密情報の使用許可を獲得できるかどうかにかかっているわけじゃないわ。でもわたしには仕事にたいする責任もあるの。ゴードはノーといわせない人だし、大統領をはじめとする有力なつてがあるわ。できることならあなたの頭越しに話を進めたくないの。そうしなければならなくなっても、理解してね。そんなことで引き裂かれたくないもの」彼女は声を詰まらせた。「無益なことだわ。わたしは言葉にならないくらい悲しむでしょうね」

沈黙。

茶色と緑色のまだら模様がついた遠くの山々をラングは見つめた。

「ゴーディアンに、週末までに決断すると伝えてくれ」彼はいった。

メガンは目を上げたままうなずいた。

ラングは彼女に向き直り、上を向いた彼女の顔をしばらくじっと見つめた。

「女であると同時に強くあるためには、つらいときもあるにちがいない」彼はいった。

メガンは視線を下げた。するとまた彼と目が合った。

「ときにはね」彼女はいった。

ラングは体を寄せて、彼女の肩に唇を触れた。それを首すじからおとがいの線、耳の下のやわらかな部分へと這わせていき、彼女の顔をなで、指先で彼女の髪を後ろにかきあげると、白い肌に鳥肌が浮かんだ。

「ぼくはどこにも逃げやしない」彼はそうささやいてむきだしの腰に腕を回し、彼女を引き寄せて、ほおと口の端にキスをした。「なにが起こってもそれに立ち向かう」

彼女は喉で低い音をたて、彼に唇を開いた。

「いまここで、なにか起こしましょう」彼女はかすれた声でいい、ラングにキスをしてほほ笑みながら口と舌を重ねた。水面下の彼に手をおいて、水面下の彼を握り、水面下の動きを速め、勢いを強めた。ラングの手が彼女の腰の上にすべり降り、太腿に降り、さらに下がって彼女を探し当て、彼女に触れ、彼女のリズムに合わせ、見つめあい、体をぎゅっと押しつけあい、いっしょに動き、体を揺らし、ひとつになって……

どこまでも続く広大な青空の下のテラスの湯のなかで、彼らはおたがいにおぼれあった。

犬舎造りは健康回復に効果があるというゴーディアンの考えは、ある意味で正しかった。医者は認めないだろう。断固否定するかもしれない。しかし、背中に感じる暖かな陽射しと、刈った芝生と掘り起こしたばかりの土の香り、そして力仕事に支えられて、彼は一日の大半を乗り切った。

いまゴーディアンは娘の家の裏庭に立って念入りに出来ばえを確かめ、満足してひとりうなずいた。飛躍的な発展をもたらした何十もの技術を開発して特許を受け、通信技術を進歩させる先駆けとなって政府と経済の形態を変えてきた彼だが、そうした業績にいだいて当然の誇りが、木の板と釘やねじの箱と簡単な道具類だけでなにかを造る喜びに勝ったことはない。

これは、ゴーディアンがウィスコンシン州ラシーンで樹上の家を造った十三歳の少年のころに劣らず、いまでも強烈な喜びだった。道具と材料を準備する秩序立った作業はくつろぎを与え、系統立てて考えをまとめる機会を与えてくれる。設計図の正しさを確認したあと、慎重かつ入念に数多くの段階を踏んでいくと、比較的短い時間の枠組みのなかで目に見える結果が生まれてくる。手を使った努力が直接結果に結びつくのは楽しい。とりわけその努力が自分の愛するだれかのためであった場合には。

その特別なだれかの神経になぜか自分が障(さわ)っているのを知って、少々途方に暮れてはいたものの、彼はおおむねそれを現状として受け入れるようになっていた。

ゴーディアンは安全ゴーグルをはずしてツールベルトにすべりこませ、Tシャツをぱたぱたやって胸と腋の汗を乾かした。体調が一〇〇パーセントをかなり下回っているのはまちがいない。息が荒いし、喉の痛みが気になるし、ここ何時間かいがらっぽい咳がしつこく出るようになっていた。ときおり肩甲骨のあいだと腰骨のあたりを襲うさしこみが、無理をしてはならないと警告を送ってきた。しかし例の陽射しが心地よく、昨夜経験した軽いめまいと悪寒のぶり返しもなかったため、あえてジュリアにはいわなかった。きっと過剰反応した娘に芝生の椅子に押しこめられて、午後の残りの時間は蠅と蚊を追い払いながら過ごさなくてはならなくなる。

そいつはごめんだ、と彼は思った。どこでやめるかくらい自分で判断できる。親たる者にそれくらいの権利はあるはずだ。

ゴーディアンは目と額から袖で汗をぬぐい、コードレスのパワードリルをベルトのケースに収めて胸の前で腕組みをし、またざっと出来ばえを確かめていった。板を編み合わせていく囲いの構造には、まあ、ふつうの囲い柵より大きな労力が必要になるが、板と板のあいだのすきまをふつうより大きくしてやると、この沿岸地域に想像できる最悪の暴風が来たときにも倒れずにすむだけの風通しが得られる。またグレイハウンド犬たちは、そのすきまから外をのぞくことができる。

四角い犬舎の各側面は一二×六フィート、水平面の細長いベニヤ板は四フィートちょっとだ。それ以上長くすると強度が落ちる傾向がある。最初の面は、四フィート間隔で四本の柱を立てる作業から始めなければならなかった。巻き尺と撚り糸と前回立てておいた仮の支柱で犬舎の寸法を確かめたあと、彼は支柱の穴の最初の列を掘り、その底に排水用の砂利を敷き詰め、大きな槌で地面に支柱を打ちこんで、大工の使う水準器でくりかえし高さを確認して穴に土をそそいだ。この力仕事でゴーディアンは土と汗まみれになり、手袋をはめていたにもかかわらず指にまめができた。しかし楽な作業のはずはないし、苦にはならなかった。

けさは前回の続きから作業を再開していた。水平面の細長い板を下から上へ、右から左へと動力工具でたがいちがいに支柱の側面へ固定していった。彼がいま見ているのは最後の二本の柱のあいだだった。水平板をつけてこのすきまを埋めれば、部分修正されたこの午後の目標である犬舎の側面はすべて終了だ。まあ、まだ縦のスペーサーを板に通さなければならないから、ほぼ終了というところか。しかしそれは比較的短時間ですむ軽作業だし、帰る前にジュリアに手伝ってもらうこともできる。

またしばらく咳が止まらず、喉のひっかかりをとろうと咳ばらいをしたが、なんの液体もわき出てこず、すこし息切れがした。妙だ、この乾きと息切れは。通常の風邪にありがちな痰や鼻づまりはないようだ。鼻水さえ出ていない。まるで石膏の粉塵を吸いこみ、肺から吐き出せなくなったみたいな感じだ。

いまの空咳(からぜき)をジュリアに聞かれたかもしれないと思って、用心深く裏玄関に目をやった。しかしさいわい彼女は、ガスこんろの上のツナとメカジキで手がふさがっていた。空港に送迎車が来たとアシュリーから電話がはいると、ジュリアはすぐに大急ぎで夕食の準備にとりかかった。急ぎすぎかもしれない。サンノゼ国際空港からは渋滞がなくても車で一時間ほどかかるし、いつも日曜日はショッピングモールに出かける車で一号線がひどく渋滞する。感謝祭が迫っている時期だけに渋滞するのはまずまちがいない。早く妻に会いたいのは山々だが、彼女が着くまでまだたっぷり四十五分はあるだろう。ジュリアはベイ・エリアの交通状況をだれよりよく知っているはずだ。それにアシュリーは夕食の前にしばらく骨休めをしたがるだろう。

ゴーディアンはためいきをついた。神経過敏といわれてもかまわない。だが、ジュリアがバーベキューに神経を集中しているのは父親を意図的に無視する口実のような気がした。娘をうるさがらせているものがなにかはわからないが、感情を隠そう、雑用と計画に静かに没頭しているみたいに見せよう、自分のことだけに注意を向けてあらゆることとあらゆる人を周辺に追いやろうとするとき、娘の感情はいちばんおもてに表われやすい。その腹立ちの水源から流れる川には総じて彼の名前がついているだけに、ゴーディアンにはすぐに見分けがついた。

残念ながら、それを見分けることはできても、それにどう対処すればいいかはさっぱりわからなかった。いっぽうには、アシュリーのいう〝ある種の父娘のきずな〟を強められるかもしれない機会に娘から無視されたくない自分がいた。そのいっぽうで、自分の健康状態が見た目より悪いことに気がつかれるほどにはジュリアに注意を払われたくないという思いもあった。都合のいい中間点はないものだろうか?

そこに立ったミミ家の庭をながめわたした。しばらくして、ジャックとジルが飼い主のいつもながらのよそよそしさを埋め合わせようとしているらしいのに気がついた。かわいい犬ころたちだ。食べ物に近づけないように裏玄関の手すりにひもで慎重に距離を保たれた犬たちは、ぴんと張り詰めた好奇心の尽きない様子でじっと彼を見つめていた。

耳を回転アンテナのように彼のほうへぴんと立て、茶色く丸い目は好奇心が一セント銅貨になったようだ。主人が自分の用をしているところを見ているあいだこっけいなくらいじりじりしながらも、じっと動かず、何時間も声をたてずにいて、餌や散歩の時間が来るやぱっとばね仕掛けのように四本足で立ち上がって弾かれたように走りだす習性から、かつてだれかがこの品種を〝プッシュボタン犬〟と表現したのをゴーディアンは聞いたことがあった。愛情をこめて使われた表現ではあったが、彼らのこの風変わりな行動はほかの犬たちとの交流はいうまでもなく、立ち上がったり方向転換する空間すらほとんどなかったドッグレース場の犬小屋に何年も閉じこめられていたのが原因と知ったときには、悲しみに心を痛めた。そんな環境で生きてきた結果、彼らは自分になにが期待されているのかも、どうふるまえばいいのかもよくわからなくなり、自分のおかれた状況に臆病な社会的不適格者となってしまったのだ。だから彼らはたえず観察を続け、抑圧されたエネルギーをかかえたまま自信を取り戻すときを待っている。

悲しいことだ、とゴーディアンは思った。しかし、グレイハウンド犬救済にたずさわる人びととジュリアのおかげであの二匹の状況は大きく変わった。また、犬舎がでてきて外を思いきり駆けまわれるようになれば、さらに大きく変わるだろう。

囲いの次の作業にとりかかろうと、彼は向き直った。けさ作業を始めたときにあった四十枚の板の山は、わずか十枚になって芝生の上に整然と並んでいた。きょう予定していた区画が着実に形になりはじめたいま、残りの仕上げにかかるのが待ちきれないほどだった。

ひとかかえの板を持ち上げようと体をかがめかけたとき、ゴーディアンはまためまいに襲われた。交互に熱さと寒さに襲われた。心臓が不規則な打ちかたをし、そのあと激しく打ちはじめた。

何度か深呼吸をした。喉のいがらっぽさはそのままだったが、すぐに状態は落ち着いてきたし、胸の動悸もおさまってきた。

発作は数秒で終わった。めまいもなくなって、ゴーディアンは芝生の上にひざをついた。しかしこの状態で作業を続けるわけにはいくまい。状態を確かめる必要がありそうだ。明日の朝、医者に電話をして予約に割りこませてもらおう。せいぜいたちの悪い風邪をもらったくらいだと、このときも思っていた。ひょっとしたら、インフルエンザあたりかもしれないが。いずれにしても、いつまでも放っておくわけにはいくまい。

裏玄関をちらりと見た。ジュリアはまだ切り分けた材料と魚に熱中しており、へらを使って炎の上を移動させたりひっくり返したりしていた。父親を襲った小さな事件には気がついていなかった。よかった。発作もおさまったようだ。残りの板は二十分もあればとりつけられるだろう。あのすきまを埋めるんだ。そしたら終わりにしよう。あの芝生の椅子に腰をおろして日射しのなかでくつろごう。そしてアッシュを待とう。

地面においた側面用の板の半分を集め、これからとりかかる囲いの支柱のそばに運び、しゃがみこんで、いちばん下の板をしかるべき位置においた。ケースからドリルをとりだし、ドライバーの先端が木材にしっかり当たっているのを確認して目の上にゴーグルを下ろし、袋のなかに手を伸ばしてねじをとりだした。

動力工具がねじを簡単に埋めこんだ。大きなモーターのたてた騒音に仰天して近くの木から鳥たちが逃げていった。

板はきれいに固定された。ゴーディアンが次の板に手を伸ばして位置を定め、ドリルの引き金式のスイッチを絞ろうとしたとき、ジュリアが彼を呼ぶ声がした。「お父さん！」

肩越しに目をやると、娘が芝生の上を近づいてくるのが見えた。黒のカプリパンツ、エスパドリーユの靴、彼女の目の色にぴったりの青い袖なしのミドリフ・ブラウスという服装だ。ゴーディアンの目の色とも同じだが、このとき彼が気がついたのはそこではなかった。

彼が気づいたのは、娘のこわばった不自然な表情だった。大股に歩いてくる足どりはさりげなさすぎた。

心の準備をしたところへ娘がたどり着いた。

「ひと休みしたら？　そろそろ食事の時間よ」抑揚のない早口で彼女はいった。

〝まあ、お父さん、すごいじゃないの！〟ゴーディアンは心のなかでつぶやいた。〝本職の大工さんだってなかなかこうはいかないわ！〟

彼はゴーグルを上げ、しゃがんだ姿勢のまま娘を見た。

「囲いのこっち側はほとんど終わった」彼はいった。「お母さんはまだしばらくは着かないだろう……」

彼女は肩をすくめた。「お母さんが着く前に顔と手を洗っておいたほうがいいんじゃないかと思って」

〝すごいわ、お父さん！　大好きよ！　ジャックとジルもお父さんを愛しているわ！

わたしたちみんな、お父さんが死ぬほど好き！　ほんとに、お父さんがそばにいなかったらどうしていいかわからないわ！〟

ゴーディアンは落胆の思いが表情に出ないよう努力した。喉がいがらっぽくなり、咳ばらいをして咳を食い止めた。

「母さんの車は三十分前に空港を出たばかりだし、きょうの道路状況は想像がつくだろう」と彼はいった。弱々しいしゃがれ声になったみたいな気がしたが、娘の耳にも同じように聞こえただろうかと思った。「まだたっぷり時間はあるし……」

娘の目を見て、ゴーディアンは鞭打たれる思いがした。

「いいわ」彼女はいった。「お好きに」

娘が顔をそむけて家に戻っていくのをゴーディアンは途方に暮れたまま見つめていた。呼び止めようか、最近の自分のなにが悪いのか教えてくれと頼もうか、という考えが浮かんだが、口論を招くだけかもしれないと思った。作業に専念し、距離を保って、アシュリーが到着するまではかない平和を維持するのがいちばん賢明だという結論に達した。

ゴーディアンはなかなかうまくやった。ジュリアの不可解な態度をあれこれ考えず、小さくなってきた残りの山から運んできた板をとりつけ、最後の五枚になった。

そして最後の一枚になった。期待をふくらませながら支柱と支柱のあいだで位置を調節し、ドリルの引き金を絞った。ドリルに命が吹きこまれウイーンとうなりがあがった――

そのとき、例のめまいが波のように押し寄せてきて、ゴーディアンはくずれ落ちそうになった。酔っ払いのように足がふらつき、胃袋の中身が喉元まで持ち上がってきて酸っぱい焼けつくような感覚が広がった。視界の端のあたりが灰色になり、灰色が全体に広がってきて、震えるドリルを右手に持ったまま体がぐらついた。もういっぽうの腕に熱い突き刺すような痛みが走って、動力工具の引き金を握っていた手が思わずゆるんだ。灰色が黒に変わり、ドリルの先端から明るい赤色のしぶきが噴き出すのが見えた。

「お父さん!」

ジュリアだ。どこか遠くから彼を呼んでいる。さっきとは声の調子が全然ちがう。

「父さん、お父さん、ああどうしよう、お父さん――」

闇にのみこまれ、渦巻く闇のなかを回転しながら、全身が溶けだして液体に変わり、ざばざば地面にこぼれ落ちていくような気がした。

だいじょうぶだ、ハニー、そんなおびえた声を出さないでくれ――ゴーディアンは自分の声が聞こえたような気がした。

しかし、その言葉は音にはならなかった。

14

二〇〇一年十一月十四日　カリフォルニア州サンディエゴ

フェリックス・キーロスの死体は完全に齧歯類のものになったわけではなかった。キーロス一族のほかの構成員が見つけたわけでもなかった。

後日、その中間だったことを聞いたら、彼を始末した執行人は面白がるだろう。

セサールとホルへは従兄弟どうしで、フェリックスの母の従兄弟の子にあたり、フェリックスの廃車置場の現場主任をつとめていた。組織のなかでは小役人クラスだったが、彼らはフェリックスが廃車置場に三日のあいだ姿を見せていなくても、すぐになにかあったのではと考えはしなかったし、その状況と屑鉄のおかれた通路を急いで走っていく音やなにかをひっかくような音が結びつくにはさらに時間がかかった。

フェリックスが何日か続けて姿を消すことはたびたびあった。国境を越え、若い売春婦がひとりぶんの値段で三人やってくるティフアナの酒場におもむいて、彼女たちをホテルの部屋に連れこみ、アヘンかエクスタシーで酔っ払わせて好き放題もてあそんでくるのだ。セサールとホルへはフェリックスの悪習をよく知っていたし、エンリケがフェリックスに屑鉄置場をもたせて以来、毎日の仕事を切り盛りしてきたのは自分たちだと思っていた。エンリケはフェリックスにしかるべき責任をもたせて厄介事を起こさせないようにと屑鉄置場を譲り渡したのだが、結局悪い癖は直らなかった。ちょっとした金を握ると、不道徳な刺激に最後の一セントを使い果たすまで戻ってこないと思ってまずまちがいない。

フェリックスがいてもいなくてもたいしたちがいはない、とセサールとホルへは思っていた。なにをすればいいかはわかっている。鍵は持っているしコンビネーション錠の数字も知っていたから、屑鉄置場のどこにでも行けたし、あのいばりくさったろくでなしがいないほうがものごとを管理しやすかった。サラサールがメキシコから運んでくる品物（ブツ）を強奪する仕事に加わらないかとフェリックスから声をかけられたときも、それは無茶だといって断わった。フェリックスは私生児だったが、それを生んだのはエンリケの妹だったため、セサールとホルへはふたりのあいだでしか彼に関する意見は口にしなかったが、あの愚か者について自分たちが思っているのと同じことをあの男の伯父もたびたび思っているはずだし、だれに聞いても彼らの意見に大きく異を唱える者はいないに決まっている。それでも、ある程度の礼儀は守らなくてはならない。

正午ごろに、ようやくセサールがその音に気がついたときも、さほど関心をかきたてられたわけではなかった。こういう屑鉄置場、つまり半分食べかけのホットドッグやブリトーやキャンディ・バーやトウィンキーやアイスクリームのコーンやソフトドリンクの中身などなど、なかにおきっぱなしのごみが腐りはじめている車が何エーカーにもわたって散らばっているこういう場所は、いろんな生き物のすみかとなる。生き物は思った以上にどっさりいる。しばらくすると実際に目で見なくてもどれが近くにいるかわかるようになる。やつらのたてる音で、なにがいるのか区別がつくようになる。

あのなにかをひっかくような物音はネズミの音だと、すぐにセサールにはわかった。セサールと同じような体験をしてきておらず、セサールほどネズミに囲まれてきた経験のない人間のなかには、ネズミが姿を現わすのは夜中だけだと思っている者もいるが、この屑鉄置場では一日のどんな時間にもやつらを見かけると思っていい。

やつらの不快な姿にも、やつらが車と車のあいだをするすると駆けていくところを見かけるのにも、やつらがごみあさりをする音にも慣れてくる。やつらは割れた窓ガラスや車の底にあいた穴からこっそりなかへはいりこむ。トランクにはいりこんで後部座席の詰め物をかじってまで、おんぼろ自動車の車内にはいりこむ。朝食用に簡易食堂からたまごサンドを持ち帰ってくると、チワワより大きくさもしいこの灰色の醜悪な始末に負えない生き物は、ほんのわずかなにおいを嗅ぎつけて外に出てきて、もぐりこめるだけのすきまさえあれば移動住宅や納屋にもはいりこんでくる。そこで食べ物をくれないかと期待しているかのように、輝くビーズのような目でじっと人間を見つめる。

あるときセサールとホルヘは、ネズミたちを追い払うためにビールとソーダの空き缶を投げつけはじめたが、やつらのなかには頭に直撃を受けないかぎりその場にとどまって、後ろ足で立ったまま、もう一度投げてみろ、やれるのはその程度かと挑発するかのように針のような白い歯をむきだす不敵なやからもいた。接近が目に余りはじめると、ついにホルヘは見つけしだい撃つようになった……空気銃ではない。ホルヘは自分の九ミリ拳銃の実弾を撃っていた。バン、バン、バンと。そのうちウージーを持ってきて一匹残らずずたずたに切り刻んでやるからな、とののしりながら。

そういうわけで、その音も最初は特別なものには思えなかった。正午をすこしまわったころで、気温は八〇度（摂氏約二七度）くらい、十一月にしては暖かな日で、壊れた車の残骸の上に日光が燦々とふりそそいで、なかの腐った食べ物とがらくたを調理しなおし、その悪臭が外に流れ出てきてネズミたちの食欲を刺激したのだろう。でこぼこのボディにバットやバールで新しいへこみをつけながらやつらを追い払う努力をし、油断をすればかじられかねない危険を冒して残りの時間を過ごすことも、たしかにできる。しかし、そんなことをしてなんになる？

ネズミのことを気に留めながらも、最初セサールは、ネズミの爪と歯がたてるポリポリ、カリカリいう音にはかまわずにおくつもりで、大型設備の修理屋に故障したフォークリフトを見にきてもらおうと事務所になっているトレーラーハウスへ電話番号を調べに向かっていた。

しかしふと足を止め、その音のほうに顔を向けた。まちがいない、たくさんのネズミがたてている音だ。それもものすごい数だ。彼はぞっとして、車の陰になった見えないところに山ほどいるのだろうかと思った。ひょっとしたら、べつの種類の生き物がこの屑鉄置場に迷いこんで死んだのかもしれない。鳥か、猫か、いまいましいコヨーテが。前にもそんなことがあった。だとしたら死骸をきれいに片づけて、必要なら車を燃やしてしまわなければならない。さもないと廃車置場全域にありとあらゆる害虫があっという間に押し寄せてくる。蠕虫や蠅や蛆虫が。胸の悪くなる状況だ。

だからセサールはポケットの携帯電話に手を伸ばして、再生利用(リサイクル)工場にいるホルへに電話をかけ、九ミリ拳銃を持ってこっちに来るよう連絡した。

十分ほどして、手にかなてこ、シャツの裾の下のベルトのホルスターに拳銃を携行したホルへが姿を現わした。

「あの音からすると、あの奥にゃどえらい数のネズミがいるな」ホルへはそういって、セサールにかなてこを渡した。「片づけたほうがいい。さもないと虫どもがどっと群がってくる」

もちろんセサールも同じように考えていた。

音に導かれて前に向かった彼らは、ねじれたフロントパネルや突き出たバンパー、蝶番の外れたドア、外れて落ちたホイールキャップといったもののあいだをすこしずつ進んでいった。積み重なった車体の上に熱がゆらめいて、かまどのなかにいるような感じだった。なにかをひっかく音はとても大きく、ネズミたちが興奮してキーキーいっているのがわかった。そして、ああ、なんという悪臭だ。その茹でたキャベツみたいな匂いはセサールの胃を締めつけるに充分だった。

いきなりホルヘがセサールの肩をつかんで右に寄せた。ホルヘはもう片方の手で銃を握って、古いビュイック・セダンの後部に銃口を向けていた。

だがセサールの目には、すでにネズミたちの姿が飛びこんでいた。何十匹といるにちがいない。泥で汚れた青白い腹を引きずっている、太ったやつらだ。小さめのネズミたちはハツカネズミよりすこし大きい程度だった。トランクの上と下とまわりでやつらは体をのたくらせていた。閉まったふたの上に群がり、たがいの背中によじ登り、狂ったように押しあいへしあいをしている。ふたりの人間には気がついていないようだ。あるいは、人間のことが気にならないくらい興奮しているのかもしれない。

ホルヘが恐怖と嫌悪の音を喉から絞り出し、銃をすばやく下に向けて地面の上のネズミのじゅうたんに三発撃ちこんだ。一匹のネズミがぱっと宙にはじけ飛んだのがセサールには見えた。後輪とバンパーの近くに群れていた残りのネズミはあわてて逃げ出したが、それでもトランクのふたから離れようとせず、はがれかけている塗料を前足でかいているのが何匹かいた。

ホルヘは銃口を上げて発射した。毛皮と血とはらわたがまたはじけ飛んだ。ほおに生暖かいものがはねかかって、セサールが嫌悪の思いに顔をしかめた。そのあとネズミたちは、はじかれたようにトランクから転げ落ちて散り散りに逃げていった。

「なかを見なきゃなんねえ!」汗まみれの顔で、ホルヘが九ミリ拳銃でトランクを身ぶりで示しながら大声でいった。

セサールは太腿にかなてこを当てたまま、しかたなくビュイックのほうに足を踏み出した。一瞬、シャシーの下から毛のない尻尾がさっと姿を消したのが目にはいり、彼は身震いして立ち止まった。

「おい、なにしてんだ、そいつを開けろ!」

セサールは無言でうなずいた。トランクのふたの下の掛け金と、腐食したゴムのあいだに鋼鉄の棒の平らな先端をあてがった。そして全体重をかけて両手でかなてこを押し下げた。

トランクの錆びた掛け金を外すのにさほどの力はいらなかった。ふたはきしみをたてて開いた。

なかに閉じこめられていた湿った暖かい空気といっしょに立ちのぼってきた悪臭は、吐き気をもよおす代物だった。セサールはげえっとうめき、手のひらで鼻と口を押さえた。そのあとホルへが胸を手で押さえながら、ふたを大きく開け放った。

ふたりが仕切りのなかをのぞくと同時に、また悪臭がほとばしった。

シチューのような赤茶けた血と思われる液体で死体はずぶ濡れだった。服はべとべとで、トランクの内側にも液が染みこんでいた。青白い手とずたずたになったシャツと上着の下のふくれた腹が、セサールとホルへの目をとらえた。

二匹の大きなネズミがこの空間にもぐりこむことに成功していた。やつらは頭部の残骸からべとべとに汚れた鼻を引き抜いて、横目で明るい日の光を見た。

服がなければ、死んでいる男がだれかはわからなかったかもしれない。ふたりが最後に見たとき彼が着ていた、おなじみの服だった。

セサールとホルへは目を大きく見開いて、いずれも信じられないという表情で視線を交わしあった。

フェリックス・キーロスの居所は判明した。それはティファナなどではなかった。

血には血を。そうあらねばならないと、彼は思っていた。

〈ゴールデン・トライアングル・サービス〉の社名のかかったサンディエゴのオフィスで、エンリケ・キーロスは折りたたんだデザイナーブランドの眼鏡をシャツのポケットに入れ、机にひじをついて、外の廊下に向かってひとりすわっていた。両手に向かって前に体をのりだし、目を閉じて、手のひらの底のふくらんだ部分にまぶたを押しつけていた。

生まれてこのかたこんな疲れは経験がない。

甥の恐ろしい残骸と対面し、廃車置場から戻ってきて一時間になる。遺骸はトランクのなかに捨てられていた。流した血といっしょにトランクに詰めこまれていた。そしてあの悪臭。まだエンリケの鼻のなかに残っているような気がした。舌の奥に味が感じられるほど強烈な悪臭だった。ダウンタウンに戻ってくる車のなかで封を切っていないブレスミントが一本あるのを見つけ、ひとつまたひとつと口のなかに放りこんでしばらく嚙み、歯と歯のあいだで砕いていった。それも効果はなかった。車のそばにいたのはわずかな時間だ。せいぜい一分くらいだろう。しかし腐敗の進んだフェリックスが放っていたあの悪臭は、しばらくしみついて離れそうになかった。

両手に頭を埋めたまま目の周囲をもみほぐした。机の上においた右腕のそばには、続き部屋になったオフィスのべつの場所にある隠し金庫からひっぱり出してきた小さな革のケースがあった。ケースのなかにはプラスチック製のアンプルと、滅菌して包装された注射器があった。同じ一式をパラーディに渡した報酬にエル・ティオから贈られたものだ。これを使えば甥を殺した男には確実に復讐を遂げることができよう。

エンリケは科学者ではなかったが、この信じられない生物兵器のことは素人なりに理解していた。アンプルに密封された透明の液体は、なかに浮かんでいるきわめて微小なカプセルを輸送、管理するための中性で無害な媒体だ。しかしその一滴のなかには、何百、いやひょっとすると何千ものマイクロカプセルが詰まっている。そのカプセルひとつひとつは、人間のとりこんだ〝潜伏体(スリーパー)〟というウイルスを〝覚醒させる〟タンパク質が詰まった極小爆弾だ。つまりこの一滴には、攻撃したい標的を何度もくりかえし殺せるだけの潜在能力が秘められている。引き金のはいった水を標的がひとなめすれば、ウイルスは破滅をもたらす形に変異し、特定の遺伝特性と結びついて増殖する。もちろん食べ物をひとかじりでもいい……あるいは、車のなかで嚙み砕いてきたミントのたぐいでも、とエンリケはぼんやり思った。

そしてこの液体の媒体を使うのは、人間の体内に引き金を挿入する多くの方法のなかのひとつにすぎない。だれかひとりだけを葬りたい場合は、その標的が昼食に食べるものに混入させればいい。家族もいっしょに片づけたいときは、感謝祭の晩餐前に七面鳥に注射しておけばいい。もっとたくさんの人びとに標的を広げたいときは、広範な経路から引き金を分配する。食卓の食べ物ではなく対象者全員を網羅する食料供給源に——さらにその先へ——たっぷり送りこむ。農場の土に撒いたり、その貯水池に投げこんだり、彼らの呼吸する空気中にただよわせたりする。彼らの環境を兵器の延長にしてやるのだ。

大量の人間を感染させるには粉末か煙霧状の媒体を解き放つのがいちばんだとエンリケは思った。事実エル・ティオは〝潜伏体(スリーパー)〟をばらまいたときにはそうしたと聞く。また、先月謎の死を遂げたアルベルト・コロンはエル・ティオの精密生物兵器による攻撃を受けて死んだ最初の犠牲者だったといううわさも耳に届いている。あのウイルスがばらまかれたという話を、エンリケはほとんど疑っていなかった。コロンに関するうわさが本当かどうかはわからない。しかし、キーロスの一族が一翼を担っているエル・ティオの麻薬売買組織が製品の大半を買い取っている南米のコカ栽培者と供給業者の状況を、あのボリビアの次期大統領は脅かそうとしていた。偶然の一致にしてはできすぎのような気がする。

しかしいまエンリケの頭を占拠しているのは、それとはべつの問題だった。あるきわめて個人的な問題を彼は解決しなければならなかった。その方法については最初の気持ちに忠実でありたかったが、さらに熟慮を重ねて危険な失敗をせずにすむよう確実を期したかった。

いま困っているのはこういうことだ。エンリケはこと商売にかけては綿密に考え抜かれた理性的な判断をくだすのがつねだった。しかし、この稼業の状況はいつもそれほど明白とはかぎらない。行動は理性的かつ感情的で矛盾のないことが望ましい。暴力に訴えれば理性と感情を両方一度に満足させることができるだろう。汚してはならない伝統がある。名誉と忠誠心の問題もある。

車のトランクのなかのフェリックスの姿を思い浮かべた。頭はばらばらに吹き飛んで、ネズミにかじられていた。肉は自分の流した血のスープのなかで調理されていた。あそこには効果的なメッセージがあった。

エンリケは両手のなかから頭を持ち上げ、まっすぐ立ててそっと眼鏡をかけなおし、黙って壁を見つめた。あの哀れで愚かな若造は一線を踏み越えた。あいつの派手な行動はサラサール一族の痛いところに当たった。ルシオに報復以外のどんな道があっただろう？　エンリケとその一族はルシオの市場に強引に割りこんできていた。彼らの後ろにエル・ティオの国際的な組織が控えていることをルシオは知っていたから甘んじてその状況を受け入れ、利益の減少もあきらめるようになっていた。成功は競争をもたらす。それが商売の基本法則だ。しかしあの男が強引に割りこまれたままでいるとは思えないし、自分の築き上げてきたあらゆるものが力ずくで奪われて黙っていられるはずもない。自分の利益は守らなければならない。それにラスロップがいったように、フェリックスの行動をエンリケが黙認していたと思いこんでいるのなら、ルシオにはとりわけその判断が大きな誤りであることを思い知らせる必要が出てくる。自分がどこに一線を引く人間か、はっきり示す必要が出てくる。その線を踏み越えた者には途方もない支払いをしなければならないことを示す必要が。

エンリケにはわかっていた。フェリックスが死んだのは自業自得だ。それは充分にわかっていた。しかしある意味でフェリックスの行動は、エンリケがこれから踏み出さなければならない方向を定めもした。結果の予測がつかない行動と結果の鎖に――あと戻りできないかたちで――エンリケを結びつけた。フェリックスの身に起こったことは遺憾ではあったが、憤りをおぼえてもいた。いつもそうだった。あいつさえいなければ、こんどの問題は起こりはしなかったのだ。

だがフェリックスは自分の甥だ。甥を殺したルシオ・サラサールをそのまま放置するわけにはいかない。そんなことをしたらキーロス一族は弱腰と見られ、強力な提携者がいてもこの先さらにごたごたを招くだろう。それに一族はいたわりあうものだ。

エンリケは机の上の革のケースをちらりと見て、港でパラーディと会った夜のことを思い出した。ロジャー・ゴーディアンのような地位も名声もある人物の暗殺に関わったのは、たとえつながりが立証される可能性はなくても……やはり無分別なことだった。あのときも、しかたなくやったのだ。エル・ティオに協力しないわけにはいかなかった。さもないと、全能の友人がいちばん恐ろしい敵に変わるかもしれない。その点は肝に銘じていた。

エンリケは顔をしかめた。人間のあらゆる行動は、多かれ少なかれ前もって定められているのかもしれない。確信はない。哲学者ではないのだから。しかしフェリックスが殺されたのに報復が必要なこと、このアンプルの中身ならまちがいなくそれをやってのけることはわかっていた。あれを一滴たらせば——ルシオ・サラサールが限りない情熱をそそいで消費するので有名な食べ物や飲み物に、一滴たらしてやれば——あの男のなかにはいりこんだ〝潜伏体(スリーパー)〟は、すさまじい勢いで孵(かえ)りはじめるだろう。病気はあの男の全身で猛威を振るい、昔あったパックマンというゲームに出てくる腹を空かせた小さな生き物みたいに細胞と組織を食いつくすだろう。殺して楽にさせてくれと懇願するほどの苦しみをもたらすだろう。そしてエンリケは、知らぬ存ぜぬを通すことができる。ルシオは殺害されたのではないかと、ちらりと疑いをいだく人間さえほとんどいないだろう。

しかし、それでメッセージが伝わるか？　エンリケ・キーロスには——大学で教育を受け、おだやかな話しかたをするエンリケには——父親から受け継いだ帝国を統率し、さらに大きくする才能があることを実証できるか？　エンリケが名誉と忠誠心を重んじる人間であることを？　力を振るえる人間であることを？

血には血を。この世界ではそうあらねばならない。ルシオ・サラサールの後継者になる兄弟や息子たちから路上の売人や用心棒にいたるまで、全員にその方針を思い知らせてやらなければならない。

ルシオには原因不明の病気でベッドの上で死んでもらうわけにはいかない。

エンリケが尊敬を受けるためには、赤いもので手をずぶ濡れにする必要があった。

彼は大きくひとつ息を吸いこんで革のケースから目を離し、机の電話に手を伸ばした。


エンリケ・キーロスからルシオ・サラサールのもとに、思いがけない、いくぶん不可解な電話がはいったとき、ルシオの腕時計は午後二時十分を指していた。

話は短く、六十秒とすこしで終わった。

サラサールは考えこむように眉をひそめて、そばのテーブルへ受話器を戻した。そしてカウチに深くかけ、首を回してはるか下に打ち寄せる青いさざ波を見やり、受け台にのった受話器から首にかけた大きな金のお守りへ手を移した。

エンリケが父親から稼業を受け継いで以来、ふたりが言葉を交わしたのはこれで三度目だったかとルシオは思いめぐらしていた。最後にじかに接触したのは、昨年、おたがいの右腕どうしに起こった縄張りをめぐる紛争を調整するために会ったときだ。

あのときルシオは、エンリケというのはあんな一流大学やらに行ってたことだし、もったいぶった男だろうと思っていたが、実際会ってみると思慮分別のあるていねいな物腰の男だった。まあ、ちょっと女々しそうな感じもあったが、車何台ぶんもの密輸ウイスキーとタバコで国境の両側にいる法執行者の手を逃れていた彼の父親のような扱いにくい感じではなかった。ルシオにとってはいちばん大事な点だが、エンリケはそれまでもその後も分別のあるふるまいをし、誠実さを示していた。ふたりは関係者全員が納得のゆく妥協案の合意に達し、握手でそれを固め、エンリケはそれを厳守した。あれ以来――正確にいえば、あれから一年だが――仲裁者を立てて解決した小さな衝突が二、三あったのを除けば彼らのあいだにはなんの問題もなかった。大ばか者の甥のフェリックスが、ルシオのブラックタール・ヘロインの積荷をあのトンネルの外で襲い、手下たちを虐殺するまでは。

この大いなる自然界で自分は労働者と一族の者にかこまれていると考えるのが好きなルシオは、その両者の守護者である聖ヨセフの描かれたお守りに指を触れた。

電話でエンリケは、腹を割って話をし、この問題が両者の関係に修復不能な打撃をもたらす手に負えない危機に発展しないうちに解決したいといってきた。二日後の夜、バルボア・パークのスパニッシュヴィレッジにある例の大きな池を渡った近くで会いたいとのことだった。どちらかに有利とはいえず、隠しマイクや盗聴器の心配をせずに腹蔵のない話ができる公共の場所だ。見張り用の護衛の同伴をエンリケは提案してきた。手のこんだ野暮なことをするつもりはないという。この護衛が法の執行者たちが彼らの片方ないし両方の足どりを追っていた場合の予防措置なのはもちろんだが、エンリケがこの提案をしてきたいちばんの理由は、仕組まれた罠ではないかという懸念をサラサールから取り除くためらしい。

話はそれだけだった。エンリケがみずから準備していた戦争への道をなぜ急に方向転換したのかも、サラサール一族にどう損失の埋め合わせをするつもりかも、なにひとつ口にしていなかった。ルシオが眉をひそめていたのはその点だった。エンリケがこの会合の理由を明白と考え、その問題について一対一のつっこんだ話を望んでいるとしても、悲しむべき過ちが犯された点ははっきり認めるべきだった。それが省かれたことにルシオはなんのコメントもしなかったが、エンリケの提案を受け入れたとき心の尻ポケットにしまっておいた。

二日後の夜、バルボア・パーク、十一時きっかり。承知した。

そして彼らは受話器をおいた。

いまルシオは眉間にしわを寄せて、デルマーの断崖との境界になっている浜辺の向こうの繻子(しゅす)のような水面をじっと見つめながら、手で聖ヨセフのペンダントをぎゅっとひっぱった。

公園での会合には出向こう。まちがいなく。行くと言質を与えたことだし、和解を成立させ、戦いに汲々とせずにそれぞれの活動を続けるのがおたがいのためだ。しかし、だからといってやすやすと標的になるつもりはない。エンリケが蒸し焼き鍋に安全かみそりの刃を入れている場合を考えて、こっちも少々思いがけない仕掛けを準備していこう。まだ会合まで二日ある。調査をして、エンリケ陣営になにが起こっているのかを見定め、あの男に秘密の予定表があるかどうかを知るためにできるかぎりのことをする時間は、あと二日ある。その第一歩として〝情報屋〟に連絡をとるのが分別ある行動だろう。

ルシオはふたたび台の上から電話をつかみ、ひざの上にのせて受話器を上げ、ラスロップにつながる短縮ダイヤルのボタンを押した。

ザ・ミステリ・コレクション

細菌テロを討て!〈上〉

[著　者]　トム・クランシー／マーティン・グリーンバーグ

[訳　者]　棚橋 志行

[発行所]　株式会社 二見書房
東京都文京区音羽 1−21−11
電話　03(3942)2311[営業]
　　　03(3942)2315[編集]
振替　00170−4−2639

[印　刷]　株式会社堀内印刷所
[製　本]　明泉堂

ISBN4−576−01128−6
http://www.futami.co.jp